KB251064

문학과지성 시인선 632

미래 아이 뜀틀

구윤재 시집

문학과지성사

문학과지성 시인선 632

미래 아이 뜀틀

펴낸날 2026년 4월 23일

지은이 구윤재
펴낸이 이광호
주간 이근혜
편집 유하은
펴낸곳 ㈜문학과지성사
등록번호 제1993-000098호
주소 04034 서울 마포구 잔다리로7길 18(서교동 377-20)
전화 02)338-7224
팩스 02)323-4180(편집) / 02)338-7221(영업)
대표메일 moonji@moonji.com
저작권 문의 copyright@moonji.com
홈페이지 www.moonji.com

ⓒ 구윤재, 2026. Printed in Seoul, Korea

ISBN 978-89-320-4525-2 03810

이 책은 서울특별시, 서울문화재단 '2026년 첫 책 발간지원 사업'의
지원을 받아 발간되었습니다.

문학과지성 시인선 632

미래 아이 띔틀

구윤재

시인의 말

너희를 다 구할 때까지 여기 있을게

2026년 4월
구윤재

미래 아이 뜀틀

차례

1부

모루와 노루

모르는 노루와 걷는다 모루와 노루는 아이의 이름이다 모루와 노루는 걷는데 이 걸음은 어디까지 이어지는 걸음이야? 모루와 노루는 걷고 때로는 달리는데 다시 걷기 위해 달린다 모루와 노루는 걷고 때로는 달리고 최고의 속도는 최대치의 느긋함을 위한 숨소리이고 모루는 어디로 가는지 알까 노루는 궁금해 하지만 사족 보행을 하는 노루이고 모루는 노루는 왜 저럴까 하지만 같이 걷는데 왜 걷느냐고 한다면 도달하기 위해 걷는 것은 아니고 걷다 보면 태초의 상태에 다다를지 모른다는 믿음으로 왜 같이, 궁금하다면 손등을 뒤집어봐 손금이 보이지 않니 믿음으로밖에 말할 수 없는 어떤. 그러므로 모루와 노루는 아이의 이름으로 걷는다. 이곳은 숲에 가깝다고 볼 수 있다. 키를 한참 웃도는 나무로 빽빽하기 때문에 모루와 노루는 가끔 계곡에 얼굴을 넣고 쉬어간다 모루와 노루는 그런 아이들이었다. 쉴 새 없이 사라지는 얼굴을 가진 모루와 노루는 번갈아 얼굴을 집어넣고 모루는 구름 노루는 조약돌 노루는 구름 모루는 이끼 발끝은 허공에 맡기고 숲의 헤엄을 친다 숲의 헤엄을 치면서 모루와 노루는 구름의 리듬을 이해하고 하늘은 아무리 퍼덕여도 가닿을 수 없는

고공이구나 다이빙 주의 안개 주의 산불 주의 야생동물
주의 독사 주의 주의를 환기하는 주의 사항을 이해할수록
숲은 멀어지고 그림자가 헤엄치는 숲에서 나무의 꿈을 꾸
고 숲에서 멀어질수록 오랫동안 숲속에 있었다는 걸 이해
하게 되었으므로 모루와 노루는 언제까지고 자라지 않을
것 같아 오래전에 끝까지 가버렸으므로 그 숲에는 키를
웃도는 나무가 많았다 언제까지나 언제까지고 깨어나면
손은 늘 땀 찬 주먹이었는데 주먹을 펼치면 빛은 깨진 미
래 모루와 노루는 그런 것까지도 다 알았다 알면서도 그
랬다

다락의 노미

노미는 할머니였다 할머니가 된 노미를 모두 어려워했다 노미는 여전히 노미일 뿐인데 노미는 자신에게 연결된 투명한 줄을 잡았다가 놓았다 노미가 장난을 치면 모두 난감해하네 그래서 노미는 슬퍼 노미는 쓸쓸해 나는 노미의 곁에서 노미의 손을 잡았다가 놓았다 노미의 손은 차갑고 노미의 손은 돌아가지 않는 문손잡이구나 노미는 여전히 궁금한 게 많은 노미일 뿐인데 아무도 노미의 궁금함에 귀 기울이지 않고 그저 노미에게 건강하라고 건강하라고 투명한 줄을 노미에게서 빼앗으며 이제 노미는 건강할 수 없는 노미구나 그렇게 노미는 상자가 된다 나는 상자가 된 노미를 품에 안고 놓지를 않았는데 어느 날 잊어버렸고 잊어버렸다는 사실까지 잊어버렸고 노미는 다락방의 노미가 되어 여전히 투명한 줄을 길게 늘였다가 놓는 장난을 치고 있을지도 모르는데 내가 노미를 발견한 날엔 비가 쏟아지고 있었지 나는 습기 찬 다락방에서 쭈글쭈글 우거진 노미를 본다 보고서야 내가 너무 오래 노미를 잊고 살았구나 노미를 만지면 노미는 차갑고 노미는 축축해 나는 드라이기를 길게 늘여 노미의 머리카락을 말려준다 말릴수록 상자에 주름이 지고 노미가 하얗게 바래

가는 것을 막을 수가 없다 노미는 뭐가 좋은지 낮게 흥얼
흥얼 노미야 그건 무슨 노래야? 바람 사이로 질문이 흘러
가면 노미가 몸을 열어 이야기를 들려준다 내가 더 많은
이야기를 갖게 될수록 노미의 몸이 가벼워진다는 걸 노미
는 알고 있을까 바삭 마른 노미는 이제 더 말릴 것이 없구
나 가벼워진 노미가 숨을 늘였다가 놓는다 하여간 못 말
리는 노미 나는 노미가 짓궂을 기회를 더 많이 주고 싶다
노미는 단정하게 닫혀 있다

흔들려 움직이는

그것이

내가 걸을 때마다 따라 움직인다

그것은 단단하고 각이 많아 언뜻 둥글게도 보이는 형상
으로 내가 걸을 때 이미 삼 보 정도 굴러가 있다 나를 앞지
르는 것이 존재의 성질인

그것은

이미 이리저리 차인 모양 차인 모양으로 매끄러워진 모
양 기온이 삼십 도에 육박하는 이곳에서 갈수록 왜소해지
는 모양 밀짚모자를 쓴 내 밑으로 떨어지는 평평한 그림
자를 이리저리 비껴가는 모양 내가 주저앉아 그것에 얼굴
을 들이대면

그것은 무생물인 양 딴청을 부린다 그러나 나는 알지
내 발밑을 굴러가며 자글자글 점점 더 작아지는 작아지면
서 분산하는 저 돌이

감정을 느낀다는 걸 그러나 내가 관찰하는 지금 이 돌 밀짚모자 아래로 떨어지는 그림자에 포함된 이 돌에는 별 다른 감정이 없는 모양 볕에 바짝 말라 시들시들 졸린 모 양 그늘이 존재하는 잠깐 동안 낮잠을 때리려는 모양인 이 돌은

나의 고양이를 닮았군 나의 고양이를 닮았다 나의 고양 이는 길에서 1년 정도 생활한 것으로 추정되는 아름다운 고양이로 자외선 차단 능력이 없어 삼색으로 곱게 타버린 그러나 살성이 말랑하여 만지면 주르륵 흘러내리던 그 고 양이는 해를 너무나도 좋아하여 커튼을 쳐도 커튼 속에 들어가 햇볕을 쬐던 고양이인데 그 고양이는 그렇게 되었 다 어느 날 녹아버려 창틀이 되어버린 그리하여 나로 하 여금 열 수 있는 창문을 앗아 가버린 못된 삼색 고양이를 닮았다 지금 내 밑에서 꾸벅꾸벅 조는 이 돌을

한참을 보다가 다리가 저릿저릿하여 고개를 떨어뜨릴 수밖에 없는 나의 마음을

그러거나 말거나 돌은 내가 만든 이 그늘이 좋은 모양 떨어지는 물방울이 못내 간지러운 모양 양옆으로 조금씩 굴러 눈을 비비는 돌을 나는 조심스레 내 손바닥 위에 올려 손끝으로 살살 쓰다듬는다 찢어지게 하품을 하는군 내심

마음이 좋아진 내가 서서히 일어나 돌과 함께 걷는다 돌이 깨지 않도록 천천히 걷는 내 발걸음을 그러거나 말거나 상관 않는 돌이 그늘 밑에서 기지개를 켜더니 잘 준비를 마쳤다는 듯 눈을 완전히 감아버린다 나는 돌이 녹지 않도록 고개를 숙인 채로 살금살금 그림자와 함께 돌을 데려간다

조심스레 문을 열고 미지근한 물로 표면에 묻은 흙을 닦아내자 투정을 부리는 돌 나는 안절부절 돌을 마저 씻기고 찬 바람 밑에 놓는다 돌은 또 돌대로 기분이 좋아져 다시 긴 잠을 자기 시작한다 나는 커튼이 빈틈없이 쳐져 있는지 확인한 후 돌이 편안한 잠을 잘 수 있도록 방석 위에 돌을 조심스레 내려놓고 돌은 이리저리 움직이다가 방

석에서 미끄러져 바닥에 완전히 뻗는다 나는 어이없는 표
정으로 그런 돌을 바라보고

　에어컨 바람이 이토록 상쾌한 한여름의 오후

　나는 잠든 돌을 보다가 그 옆에서 스르르 잠이 드는데
찬 바람 아래서 꿈이 돌과 나를 비껴가는 동안 바람이 슬
쩍슬쩍 건드는 커튼 새로

　들어오는 빛을

　돌이 먼저 알아채고 왠지 모를 평온함에 잠겨 틈새의
빛이 만든 통로로 데구루루 굴러가는 동안

　나는 예외적으로 질 좋은 잠을 잔다

　돌이 자신의 방식으로 노화하는 것을 까마득히 모르는
채로

원목 연습

가장 완벽한 환영을 갖고 싶어
도끼 쥔 손으로 나무를 찍는 연습 했다

땀을 닦고 나면 내 손에는
원목 의자
원목 테이블
원목 찻잔
원목 티스푼
원목 티백
원목 물
원목 테이블에 앉아 원목 의자에 발을 올리고 원목 찻
잔에 원목 물을 우리면 원목 티백이 되어 원목 티스푼으
로 그것을 저으면 생기는 원목 시간 속에서

나무 찍는 연습을 했다
원목 골든리트리버
원목 고양이
원목 생쥐
원목 파란 코튼 소파

원목 애착 인형

　원목 골든리트리버 바람 소리 짖고 원목 고양이 내 단
단한 엉덩이에 딱 붙어 있네 원목 파란 코튼 소파 틈 사이
원목 애착 인형은 이럴 거면 왜 만들었느냐는 눈빛이네
공허한 눈빛 속에서 원목 생쥐는 존재를 까먹었네 밤이면
나는 외로웠다 쉬쉬 바람 부는 원목 골든리트리버 소리
아래서
　원목 혼자 있는 방
　원목 거실
　원목 텔레비전
　원목 엄마? 아빠?
　이왕이면 원목 여동생도 있으면 좋겠다고 생각했네
　그래서 만들었네 원목 가정

　원목 여동생은 타다 남은 나무라서 따뜻했네 원목 여동
생의 훈기로 집 안이 따뜻했네 원목 엄마 아빠 여동생을
어여삐 여겼네 너도 여동생처럼 다정하라며 때때로 나를
타박했네 원목 설거지통 앞에서 나는 맥없이 웃었네 원목
여동생 너무 그러지 말라며 내 소매를 걷어줬네 원목 생

쥐도 여동생 앞에서는 앞니를 숨겼네 모두 서로를 좋아했
네 이렇게 끝없이 살 수 있을 것 같았네 원목 강아지 스산
한 소리를 냈네 우리 여동생 강아지 등을 쓰다듬었네 털이
생겨났네 하나씩 이름이 생겨나는 원목 가정 아래서 방심
한 원목 생쥐를 원목 고양이가 죽였네 원목 강아지 끙끙
앓는 소리를 냈네 원목 혼자 있는 방에서 나는 원목 애착
인형을 강아지 줘버렸네 가만히 있어 원목 티스푼을 돌리
면 원목 시간이 감겼네 어엿해졌네 다음 날 여동생은 딱
딱하게 굳은 원목 생쥐를 쥐고 울고 있었네

　다시 만들어주려고 했네 여동생 나를 힐난했네 원목 애
착 인형 원목 파란 코튼 소파에서 너덜거렸네 원목 엄마
아빠 누운 자리에서 일어나지 못했네 나무가 다 되었네
우리 동생 경기를 일으켰네 다시 만들어주려고 했네 죽어
버리라고 했네 원목 고양이를 죽였네 내 동생 소파에 주
저앉아 울었네 엉엉 울었네 아무 소리도 나지 않아서 달
래줄 수가 없었네 원목 곧 울다가 썩어버렸네 원목 텅 비
어버렸네 이대로는 살고 싶지 않았네 아무것도 다시 할
수가 없었네 썩은 땔감 엮어 배를 만들었네 노를 젓자 원

목 물결 흔들렸네 원목 물결 치자 원목 파도 따라왔네 거
센 파도 두 번으로 해변이 생겨났네 원목 흔들흔들 외딴
배 위에서

　원목 혼자 있는 방
　하얗게 바래가는 텔레비전으로
　너를 빚는 연습 했다
　원목 도끼 쥔 손으로

유리새

정신을 차리고 보니 낯선 계단을 내려가고 있었다
아래층의 인기척이 나를 듣고 말했다
그곳이 주방이라는 걸 어쩐지 알고 있었다

팬에 버터를 바르며 모르는 여자가 말하기를
영어였다 나는 그녀의 아기 같았다

베이비!

나는 문득 멈춰 선 채
얼굴을 만져보았다

차갑고 오뚝한
가져본 적 없는 선명함이었다

인조 정원을 지나

유리새를 본 것은 그즈음.
목이 말라 벤치에 앉아 쉬는데

모르는 노인이 다가와 이것을 따줄 수 있겠느냐며 캔을
건넸다
목이 마른 나와 목이 말랐던 노인이 벤치에 앉아 있었다
노인은 슬픔을 이해한 자만이 유리새를 본다고 했다
벤치는 언제나 빈 악상이었다

유리새가 나는 것은 본 적이 없었다
유리새는 벤치에 앉아
햇빛을 받아 반짝이고 툭, 건드리면 찰랑였다
나는 벤치 하나를 통째로 쓸 수도 있었다
몸이 선명하게 차오르고 있었다

그러므로 유리새를 오래 본 사람은 없을 것이다
가만히 보고 있으면 찾아오니까

계단을 내려온 적 있는 것 같은데

왜지?

얼굴을 놓으면
깨진 유리 같은 깃털들

빛을 오래 받은 얼굴이 따가웠다
유리새는 그곳에 가만히 고여 있다

티피*

티피,
부르면 총총총 걸어온다

끌어안는다
티피라고 부르면 반응하는 너를

티피는 명도에 차이가 있는 세 가지 갈색 털과 그것을
아우르는 하얀 털로 덮여 있다 티피는 눈이 절반만 녹은
운동장 같다 돌아보면 흙 발자국이 남는 티피 끌어안기
위해서는 먼저 자기 무게를 책임질 줄 알아야 한다 티피
부르면 몸보다 큰 공간을 가지고 오는 티피 품에 안는 순
간 나는 진입한다 티피의 공간에

티피와 나는 누구의 방해도 받지 않고 티피에 머무른다
티피와 내가 티피 속에서 하는 일은 대체로 아무것도 하
지 않기이다 미끄럽고 질척질척한 운동장에서 티피와 나
는 멀리 보는 연습 한다 시선을 멀리 두면서 배우게 되었
지 멀리가 그렇게 멀리 있지 않다는 것을 외계의 안녕을
비는 일이 발치로 날아온 공을 날려주는 행위와 다르지

않다는 것을

이해했을 때 티피는 이미 눈으로 뒤덮여 있었다

놀란 내가 눈을 쓸어내리자 눈 아래 어디에선가 티피가
기분 좋을 때 내는 고로롱 소리가 들렸다 티피야 그거 아
니야 얼른 나와 말해도 좀처럼 티피를 찾을 수 없었지 눈
을 덜어낼수록 멀어지는 티피의 몸처럼

완전히 망연자실하여 주위를 둘러봐도 전부 하얀 이곳
에서 어떻게 티피를 데리고 나갈 수 있을까 나는 티피가
좋아하는 간식으로 큰 원을 만든 뒤 그 안에 몸을 구긴 채
잠을 청했다 깨어났을 때 커다랗고 무거운 솜이불 아래서
티피를 꼭 안고 있기를 바라면서 그러나 티피, 넌 정말 못
말리는 평원이었지

어느새 눈이 다 녹은 자리에서 티피를 부른다
바람을 맞다 보면

알게 된다
멀리가 그렇게 멀리 있지 않다는 것을

눈이 녹은 자리에 빛이 고인다

쓰다듬으면
티피가 고로롱고로롱 기분 좋은 소리를 내는 것이 들
린다

* Tipi. 보금자리.

유리새

올리에 메리슨은 저명한 조류학자로 나는 아이의 펄럭이는 책상 위에서 그의 대표 저서인 『유리새와 나의 삶』을 우연히 접한다. 『유리새와 나의 삶』은 그의 유작으로 그는 자신의 삶을 집필하던 중 건강이 악화되어 생을 마감하였고 그의 자식인 아만다 메리슨이 그의 노트를 모아 출판하였다고 한다. 그는 말한다. 유리새는 커튼 뒤에서 태어난다. 이불 속에서 은수가 튀어나오듯이. 커튼이 흔들리고 있었다. 주지하다시피 유리새에 대해서는 밝혀진 바가 거의 없다. 반사된 빛을 눈에 담는다. 까닭은 유리새가 그의 이름에 걸맞게 표본으로 분류하는 순간 깨져버리기 때문이다. 잔이 반짝인다. 이 이상한 자해 행위에 대해서조차 밝혀진 바가 없다. 내가 유일하게 아는 것은 표본 함을 열었을 때 얼음 조각 같은 유리 알갱이가 함을 가득 채우고 있었다는 사실이다. 빛이 파장을 견딘다. 유리새는 까다로운 조류로 번식과 생활 양식은 미지의 영역이다.

내가 날개를 펼친다

창은 열기도 전에 밀려는 손짓으로 이미 열려 있다

유리새

유리가 있다 벤치에 있다 햇살이 있다 유리가 있다 유
리는 새의 이름이다 섬망을 가진 노인이 될 수도 있었던
새의 이름 유리는 관찰한다 유리는 날지 않는 새 잠시 머
무르기를 선택한 새 유리는 하나의 새고 그것은 유리가
덩어리져 있기 때문에 유리는 있는데 빛을 대신하여 유리
는 투명하다 유리는 깨진다 날아가면서 그러나 유리는 추
동한다 유리는 유리한다 유리는 시도한다 깨진 유리는 더
많은 날갯짓 유리는 사라지기에 유리한 유리다 유리는 만
질 수 없기에 유리하다

투명한 손길

손을 반타원으로 접으면
무언가를 쓰다듬을 수 있는 손이 된다

네가 그것을 행한다

천천히 손을 움직이자 너의 오목한 손 아래로 만져진다
영혼 같은 것

그것은 무게가 없지만
얼굴을 가까이 놓으면

네 몸에서 나는 냄새가 난다

너는 유리그릇에 물과 사료를 담아
죽어서도 커다란 개의 털을 쓰다듬는다

눈 덮인 무덤 위에 남는 발자국처럼
숨은 자의 자리를 드러내는

유리그릇에 반사된 빛이 너의 손등에 빛 그물을 만들고

물이 투명하게 조각나는 동안

너의 손 아래로 느껴지는
볕을 오래 쬔 털의 촉감

미지근한 혀로
손등을 씻어내는

이토록 투명에 가까운 손길

눈이 흘러간 곳에
빛이 고인다는 것

너는 그것을 믿는다

그 아이들을 우연히 만났다고 하자

너의 목덜미를 타고 흐르는 땀을 길이라고 하자

그 땀을 타고 떨어지는 물방울이 너의 어딘가에 고였다
고 하자

너의 다리를 비추는 거울에서 무언가 태어났다고 하자

물속이라고 하자

꿈속에서 만난 다정한 여름처럼

너의 무의식에 숨어 자란 그것이 네가 웅덩이를 밟은
오후에 깨어났다고 하자

파란 우산에 달라붙은 물방울을 아이라고 하자

데구루루 굴러떨어지듯 태어나는 게 아이의 본질이라서
네가 그 아이들을 줍느라 많은 생을 써버려야 했다고 하자

구름에 몸을 뉘었다고 하자

누워 있는 너의 베개 위로 아이들이 뛰어들고 발밑을
뛰어다니며 웃다가 별안간 울음을 터뜨렸다고 하자

너는 그것이 슬프고 괴롭지만 그만두고 싶지는 않았다
고 하자

태어나자마자 하늘에 귀속된 아이들에게 이름을 붙여
주었다고 하자

부르자마자 놓쳐버렸다고 하자

그 이름을 하나도 잊을 수가 없었다고 하자

시간이 흐를수록 미래의 아이들이 네게 돌아왔다고 하자

너의 아이들이 너를 돌봐주었다고 하자

그럴수록 네가 아이들을 한 명씩 잊어버렸다고 하자

아이들이 그런 너를 다 알고 지켜주었다고 하자

아이들이 너의 이불을 고쳐 덮어주고 너의 가르마를 정갈하게 내어주고 손톱과 발톱을 깎아주고 오래 자장가를 불러주었다고 하자

네가 겁먹지 않고 잠들 수 있도록 옛날이야기를 해주었다고 하자

자기들의 슬픈 결말을 바꿔 썼다고 하자

네가 늘 아이들의 입에서 나온 꿈을 꾸었다고 하자

아이들이 동화를 쓰기 시작한 이후로 늦은 새벽 머리가 젖은 채 깨어나는 일은 없었다고 하자

네가 머리를 그러모아 손등으로 목덜미의 땀을 훔쳤다고 하자

그 순간 모든 길이 동시에 닫히고 골목에 갇힌 아이들이 눈을 감았다고 하자

우수수 쏟아지며 너의 선택을 감내했다고 하자

유리새

유리가 고꾸라진다

유리가 넘쳐흐른다

유리가 알갱이가 되어 모래가 된다 바람이 불 때마다
유리가 내 볼에 입술에 머리카락에 생채기를 낸다

누군가가 내 머리를 쓰다듬을라치면 나는 까무러친다
머리카락이 바람의 칼로 난도질되어 한 가닥씩 나부낀다
는 것을 누군가가 모른다 누군가가 피 맺힌 자신의 손을
믿을 수 없다는 표정으로 나를 바라본다 누군가가 머리에
맺힌 유리가 아니라 유리를 달고 다니는 나를 탓한다

누가 유리에 물을 담아 유리를 꼼짝없이 갇히게 했을까

새가 나는 것을 본 적이 없다
새가 늘 빛의 굴절을 겪기에

빛이 유리를 통과한다

빛이 유리를 통과해 아른거리는 물의 표면으로 내린다

해시의 뒤를 좇는 내 눈에 지울 수 없는 화상 자국이 남
는다 태양의 흑점이 남는다

누군가가 내 눈동자 속 반짝이는 점을 신기해한다

유리에 반사되는 눈을 보다가

너머의 저를 보고 놀라 고꾸라진다

2부

모래밭의 나쁜 아이에게

누가 이 모래밭의 나쁜 아이지?*

내가 묻자 풀숲에서 은사시나무였던 은수가 걸어 나온다.

서서히 가까워지는 은수를 보는데 오랜만에 보는 은수는 나보다 한참이나 어린 은수. 어린 은수는 입술이 부르튼 은수. 땅에 오래 묻혀 있던 은수. 머리 사이사이에 어린 잎이 자란 은수. 은수를 불러내기까지 내게는 아주 오랜 시간이 필요했습니다.

나는 이제 은수보다 세 마디 정도 높은 시선. 은수를 내려다보는 나. 나를 올려다보는 은수. 나는 훤히 내려다보이는 은수를 꼭 끌어안는다.

은수야, 너한테서 짙은 흙냄새가 나. 할머니를 두꺼비집에 넣을 때 맡았던 냄새가 나. 세 마디나 더 자란 내게는 은수에게 말할 것이 세 마디만큼 쌓였는데 말할 것이 너무 많아서 이제 네게는 어떤 말도 해줄 수가 없겠구나.

은수는 이미 다 알고 있는 은수라서

나의 품에 가만히 안겨 있다. 은수야 너는 너무 작다. 품 안의 은수를 떼어낸 내가 은수의 어깨를 잡고 은수를 본다. 작은 나무 같은 은수. 를 가만히 보면 나는 나를 구성하고 있는 모든 이야기를 잊게 됩니다. 앞에 있는 공만

쫓아가게 됩니다. 속이 상한 내가 은수의 어깨에 배에 무릎에 묻은 흙을 털어준다. 은수의 무릎에 시선을 두면서, 아직도 딱지가 앉지 않으면 어떻게 해. 나는 무릎을 꿇고 손가락에 침을 발라 철봉 매달리기를 했던 날 생긴 피딱지를 떼어낸다. 자꾸만 잎이 떨어지는 너를 어떡하면 좋지. 내가 은수를 올려다본다. 멀리 내다보는 은수에게 은수야, 속으로 부르면 저 멀리서 가장 높은 철봉보다도 큰 은수가 지민아 지민아 울먹이면서 나를 찾아 헤매고 있다.

덜 자란 지민이가 풀숲에서 나와 두리번거리는 은수에게 간다.

* 대니 샤피로, 『계속 쓰기—나의 단어로』, 한유주 옮김, 마티, 2022, p. 99.

캐치볼

은수와 지민이가 떠드는 걸 본 적이 있니 은수와 지민이는 떠든다 매미가 앉은 자리마다 허물이 남듯이 은수와 지민이의 엉덩이가 왔다 간 자리는 쉽게 알아챌 수 있고

은수와 지민이는 여름을 먹고 자라나지 은수와 지민이는 터질 듯한 매미 울음 속에서 서로의 귀에 비밀을 속삭인다 이것 봐 네 얼굴이 빨간색 페인트를 뒤집어쓴 것 같아 떨어진 벌레를 나뭇가지로 헤집는 은수와 지민이는

음침하지 않아요 은수와 지민이는 놀이터에 떨어진 동전을 모아 뽑기 돌린다 색이 다른 공들이 하나씩 터져 나오는 동안 알 수 없는 곳에서 아이들이 태어나고 동전을 넣으면 굴러가는 것이 세계의 법칙이라는 것을 은수와 지민이는 배우고 있다 탄생석을 기만하듯

매끈한 두 개의 공이 서로의 목덜미에 입술 자국을 남기는 동안 선명한 비행운을 남기는 비행기는 상상할 수 없는 세계로 떨어지고

서늘한 바람을 타고 간 은수가 영원히 돌아오지 않을 것이라는 걸 지민이는 알고 있다 공기가 희박한 여름의 공터에서 혼자서도 둘이 쥐듯 손잡는 법을 연습하는 지민이는

무작위로 주운 돌멩이를 주먹 속에 넣은 채

홀로 운동장에 서 있다
햇빛에 더럽혀진 공은 아무도 발견하지 못하는 수풀 밑
에 잠들어 있다

겨울은 양쪽에서 온다

왼쪽과 오른쪽에서 아이들이 동시에 뛰쳐나와 서로에게 뭉친 흰을 던지는 어느 오후 아직은 빛이 공평하게 아이들의 이마를 반짝이게 하는 오후 누군가 앉은 모양으로 흰이 사라진 벤치가 있는 운동장 끝과 끝에서 뛰어나온 아이들이 흰을 서로에게 던지고 웃고 다시 멀리 도망가는 그런 오후 왼쪽의 아이들과 오른쪽의 아이들이 가까워졌다가 다시 화면 바깥으로 사라지는 동안 이쪽과 저쪽으로 시소가 갸우뚱거리는 아름다운 겨울이 나오는 영화를 우리는 보고 있었다 난방이 되지 않아 두꺼운 이불로 각자의 몸을 감싸고 채 감싸지지 않은 발끝에 닿는 냉기를 모르는 체하면 빛과 함께 뛰어나오는 아이들 뛰어나왔다가 사라지고 다시 흰을 들고 나와 서로에게 던지고 웃고 머리에 흰을 묻힌 아이들이 넘어져도 다치지 않는 영화 보면서 저 아이들은 어떻게 자랐을까 내가 묻고 너는 그런 게 뭐가 중요해 이렇게 웃고 있는데 쟤네는 평생을 흰을 뭉치고 던진 기억으로 살지도 모른다고 아이들이 흰을 저렇게 부수고 있는데 아이들의 손에서 흰이 으깨지고 있는데 너는 그런 것은 중요하지 않다고 너 역시도 어린 날 상자를 주워 동네 형 누나 들과 내리막길을 몇 번이고 내려갔다가 올라온 기억이 있다고 온몸이 젖어도 하나도 춥지가 않았다 이상하지 그런 이야기를 하면서도 너의 눈은 아이들이 어디선가 가져온 횐을 끊임없이 서로에게 던지는 영화에 가 있고 그렇지만 잘 생각해봐 난방이 되지 않는 집에서 이불 하나를 나눠 덮으며 춥다는 생각을 하지 않기 위해 대사가 반박자씩 밀리는 영화를 볼 거라고 그때의 너는 생각조차 하지 못했잖아 대꾸하지 않고 횐을 본다 아이들의 발밑으로 횐이 쌓이고 쌓이는 것을 본다 아이들이 횐을 데리고 오는 화면 바깥이 얼마나 지저분한 흙으로 엉켜 있을지 그런 것은 나오지 않는 횐의 영화 이 장면은 롱테이크로 찍었다고 한다 아이 중 한 명이 울어버려서 촬영이 중단되고 인근 운동장을 수색해 깨끗한 눈밭에서 다시 찍었다고 한다 운 아이가 어떤 아이일까 유심히 바라보려 할 때마다 사라지는 아이들 어느 나라에서 횐은 부정한 것을 쫓는 재료라던데 횐으로 무덤을 쌓아 올리는 저 아이들은 의심 없이 깨끗하게 자랐을지 모른다 그러나 그런 것은 너의 말대로 중요하지 않은지도 모르고 희미한 온기에 돌아보면 너는 횐을 안고 곤히 잠들어 있다 여전히 양쪽에서 아이들이 뛰쳐나오는데 지치지도 않

고 흰을 던지는데 나는 너의 흰을 조금 뺏어 삐져나온 나
의 발 위에 올린다 아이들이 깨뜨리기 위해 흰을 그러모
으는 동안

남조식물

　시간을 접는다 도로를 접고 패스트푸드점 앞 기다리는
사람을 접고 뾰로통한 오후 두 시와 튀어 오르는 공놀이
를 접고 화분을 향해 떨어지는 물방울을 접고 진입 금지
테이프로 가로막힌 분수대를 접어 도서관에 간다 침 삼키
는 소리로 구성된 사람들은 꽃이 말라가는 모습을 지켜보
려고 일부러 꽃을 꺾어 열심히 다발을 만든다*

* Claudie Hunzinger, *Un chien à ma table*, © Éditions Grasset & Fasquelle,
2022. "꽃이 말라 가는 모습을 지켜보려고 일부러 꽃을 꺾어 열심히 꽃
다발을 만든다"(클로디 윈징게르, 『내 식탁 위의 개』, 김미정 옮김, 민음사,
2023, p. 206) 변용.

사진을 보는 법

사진을 볼 때는 그것을 정면에 두어서는 안 된다

사진을 볼 때는 사진을 정면에 두지 아니하고 간신히
시야각에 걸칠 정도로 두어야 한다

사진을 볼 때는 그것을 곁가지로 봐야 한다

왼쪽일수록 좋다 사진을 볼 때는

그것을 대각선에 앉은

좋아하는 아이를 보듯이 봐야 한다 좋아하는 아이의 짝
꿍을 견제하는 동시에 내 마음을 알아채더라도 좋아하는
아이에게 말하지 않기를 바라는 마음을 유지해야 한다

사진을 볼 때는 그것을 정면에 두어서는 아니 되고 그
것을 훔쳐보듯이 봐야 한다

너무 보고 싶지만

마음을 들키면 안 되는 금기가 있다고 생각해야 한다
너무 보고 싶지 아니함에도

계속 뒤를 돌아보고야 말게 되는 저주에 걸렸다고 생각
해야 한다 흔한 비유처럼,

생각하기 위해서는 이미 완성된 하나의 비유가 있어야
한다

사진을 볼 때는

그것을 정면에 두어선 안 된다
사진이 움직이면

누군가가 나를 곁가지로 보기 시작한다

나는 오래된 빛 하나를 정면에 둔다

유리새

아이들은 공만 보고 달린다
끝에서 끝으로

아이가 던진 공이 날아갈 때

담장은 고요를 잃는다

지금부터 아이들은 여름이 얼마나 조용한지 깨닫게 될
것이다

나는 투명을 산산조각 낸
공을 쥐어본다

공은 더럽고
공은 따뜻하다

공을 담장 바깥으로 던지자
구름이 움직이고 장면이 재개된다

아이들의 이마로
땀이 반짝이고 있었다
슬픔처럼
햇빛이 남긴 무늬로

무릎을 접었다 펴면서
아이들은 미래에 가까워진다

자꾸 나와 눈이 마주치는 한 아이를
모두 곤란해한다

여름에 생긴 비밀을 감추며
아이들은 빈자리가 생긴 교실로 돌아간다

성우의 바다

이 해변은 정식으로 개방되지 않았음. 이곳에서 벌어지는 일관된 사고에 있어, 모든 책임은 그대에게 있음을 고함.

성우의 해변은 모래 해변. 성우는 우연히 해변에 정차한다. 우연한 해안가. 우연한 해수욕. 성우의 두 발은 양말에서 자유롭고. 엄지발가락을 가르는 검은 선. 쪼리는 성우의 발바닥을 보호한다. 그러나 주의해야 해. 그 신은 미끄러움에 취약하거든.

파도. 파도는 두 발을 무력하게 해. 발목은 헤엄친다. 더 깊은 수렁에 빠지기 위해.

성우는 벌어진 어깨로부터 손의 사용법을 익힌다. 쪼리는 바다와 해변의 경계를 가르고

문득 밑에서부터 턱없이 차오를 때
쪼리는 저 멀리 도망가 있는 것이다.

6월 18일 어느 해변에서. 성우는 돌아가야만 한다. 바다

가 뱉어낸 주먹으로부터 새로운 손금이 자라나버렸으므
로. 운명은 기어코 성우의 푸른 셔츠를 훑고 지나간다. 파
도는 바다의 끝없는 허기로부터 생겨난다.

　성우의 스타렉스. 왼발의 쪼리가 파도 위에서 슬픔을
딛고 마지막 댄스를 시도할 때
　괴성을 뒤집어쓴 구름은 달린다.

정글짐

　우리는 우리가 딛고 있는 네모를 하나의 방이라고 생각했다. 저마다의 알 수 없는 방이 되는 정사각의 공간에서 우리는 아주 많은 방을 불러올 수 있었다. 민주의 사각형은 남동생 없이 인형으로 가득한 방, 승희는 일 년 내내 여름방학인 방, 승희의 방에는 여름에 잡은 곤충을 박제한 전시대가 있었지. 성우는 반장 임기가 끝나지 않는 5학년 3반을 만들었어. 성우는 늘 칠판에 무언가를 혼자 쓰다가 다른 친구들이 다가오면 서둘러 지우고는 했지. 지민이 너는? 성우가 물었을 때 지민이는 아무 말도 하지 않았어. 지민이는 정글짐을 오가며 여러 방을 만들었어. 아무도 자라지 않고 누구도 떠나지 않아도 되는 집을. 집으로 돌아갈 필요가 없는 집을. 가느다란 쇠에 매달려 오른쪽으로 움직이면 성우의 방이, 승희의 방이, 그 아래로 내려가면 민주의 방이 나왔어. 허공을 노크하면 방의 주인이 입장을 허락하는 소리가 들렸고 방에 들어가는 사람은 고개를 숙여 공손히 인사하고 신발에 묻은 모래를 탁탁 턴 뒤에야 들어갈 수 있었지. 때때로 성우는 승희의 방에, 승희는 민주의 방에, 민주는 늘 지민이의 방을 두드리고는 했지만. 지민이는 한 번도 성에 누군가를 들이지 않았어.

이미 도착한 아이들이 있었으니까. 때때로 지민이는 원성을 사기도 했어. 너는 왜 우리를 초대하지 않아? 지민이가 성 안에서 귀를 막고 있으면 시소가 기울고 저 멀리 노을이 지고, 어른들이 부르는 소리가 들렸어. 아이들은 방을 두고 골목을 가로질러 집으로 돌아갔어. 실내화 주머니를 휘두르며. 아이들이 다 돌아가고 나면 지민이는 성에서 나와 아이들이 만든 방을 끌어안았어. 인형으로, 여름의 소음으로, 떨어지는 유성으로 가득한 방을. 정글짐은 하나의 성이 되어 성에서 나온 지민이와 가상의 아이들은 승희의 방을, 민주의 방을, 성우의 방을 구경했지. 참 멋진 방이다! 구름 같은 얼굴을 가진 아이들이 말했어. 성우야 너는 정말 늠름하다! 승희야 나도 잠자리채 한번 휘둘러 봐도 돼? 지민이는 민주의 인형을 꼭 끌어안고 인형에 고개를 파묻었어. 모두가 웃었어. 정글짐을 돌고 또 돌면서.

모험이 끝나지를 않았어.

그런데 왜 운동장에는 늘 주인을 알 수 없는 실내화 주머니가 남아 있었던 걸까?

아이

아이들이 다 돌아가고 아이는 6,024제곱미터를 손에 얻
는다 아이가 집으로 돌아갈 때 헤어져야 하는 것은 6,024제
곱미터로 아이는 매번 몸보다 큰 이별을 겪는다 비가 온
다음 날이면 아이는 손가락에 물을 묻혀 바닥에 그림을
그린다 무수한 생물종과 생태계가, 어제와 내일이 아이의
손끝에 의해 생기고 저문다 먹구름 사이로 빛이 들어오면
아이는 이해한다 멸종과 절멸을 도시와 재건을 아이들이
집으로 돌아가는 동안 아이는 배웅해줘야 할 아이가 아이
의 몸보다 커 늘 골머리를 앓는다

유성우가 떨어진다

은수가 떠나고 홀로 남은 지민이 물로켓 날린다 물로켓
은 이상하네 멀리 가지 못하고 지민의 신발 앞코에 떨어
진다 길어지는 해의 그림자에 발이 턱턱 걸려 고꾸라지는
로켓,에 매달린 편지 같은 건 다 쓰레기야 생각하는 지민
이가

보여주겠다는 마음으로 사물함에 걸터앉아 삼삼오오
밥 먹는 친구들 위로 종이비행기를 날립니다 침을 발라
뾰족하게 만든 비행기 코가 친구들의 머리에 귀에 뒷덜미
에 꽂힙니다 지민이가 금세 소란해진 교실을 남의 집 불
구경하듯 봅니다 무슨 일이니? 소란을 듣고 뛰어온 선생
님에게 반장 성우가 다 이른다 지민이가 친구들의 머리를
비행기 착륙장으로 사용해요! 사물함에서 내려온 지민이
가 날개가 반만 접힌 불량 비행기를 들고 성우 앞으로 간
다 날개가 반만 접힌 비행기가 성우의 머리에 내려앉고
볼 테면 보든가 생각하는 지민이가 성우의 머리를 내려친
다 날개가 너덜거릴 때까지

떨어지는 것을 무서워하는 성우가 선생님 뒤에 매달려

엉엉 웁니다 여름이 다 끝났는데 너는 왜 우는 소리를 내?
날개의 반이 찢긴 새가 창밖에서 퍼덕이는 것을 보고 성
우가 울 때 지민이가 성우를 끝까지 쫓아가 내리칩니다
추락하듯 주저앉은 성우 위에 착륙한 지민이가

클 만큼 커 성우라는 이름의 빌딩을 마주했을 때
지민이는 많이 우는 어른이 됩니다
하루는
낯선 공원에 앉아
무릎에 고개를 파묻은 지민이가 생각한다
성우는 너무 낮은 건물이 되었구나
더 높은 구름을 가리킬 수도 있었던
건물의 미래를
생각함과 동시에
엉엉 우는 지민이가
짙은 밤을 안고 코를 먹고 있습니다
흥건해진 지민의 무릎 위에 모르는 노란 고양이 잠시
내려앉고요
터덜터덜

걸어가는 지민의 앞에서 예기치 못하게 뒤돈 꼬마 아
이가
지민의 옷 주위로 날리는 털을 보고
유성우가 떨어진다!
말합니다

지민의 하루

지민이 창문을 열자 새 한 마리가 날아간다. 지민은 새에 의해 생겨나는 허공을 본다. 가진 적 없지만 잃어버린 기분이야. 지민은 협탁에 손을 뻗어 수첩을 들고, 쓴다.

'가진 적 없지만 잃어버린 기분이다.'

지민이 사각형의 흰 창문을 바라본다. 유리에 자국이 남지 않게 대충 붙여 덜렁이는 포스터가 비친다. 그렇다, 지민의 집은 월세다. 지민은 쓴다.

'가진 적 없는 사람만이 잃어버릴 수 있다. 가진 적 없지만 잃어버린 기분을 주는 것은 장바구니이다. 나는 장바구니를 가진 적 없지만, 마트에 가면 매번 *장바구니를* 들고 올걸 생각하게 되니까. 나는 매번 가진 적 없는 장바구니를 잃어버려.'

사색에 잠긴 지민이 창을 가로지르는 방범창을 본다. 방금 지민이 본 것은 흰 줄무늬 새이다. 지민 쓴다.

'허공은 새의 것이 아니기 때문에 새는 허공을 잃어버린다. 새는 매번 다른 허공을 손에 쥐기 위해 난다. 사람들이 밀어버린 건물 위에 다시 높고 빽빽한 아파트를 짓듯이……'

여기까지 쓰고 만족한 지민이 수첩을 덮는다. 지민의

표정이 미래의 행위를 암시한다. 새 한 마리가 날아간다.

새 한 마리가.

새 한 마리가.

새 한 마리

날아가고

둥지가 있나? 생각한 지민이 방범창 사이로 얼굴을 욱여넣는다. 빨간 벽돌로 지어진 맞은편 다세대주택 옥상에서 파란 슬리퍼가 식물에 물을 주고 있다. 지민은

통유리 창문 있는 집을 원한다. 지민은 더 넓은 새장을 원한다. 지민이 책상으로 가 작업을 시작한다. 점심에 먹은 라면 냄새가 빠지지 않은 작은 방에서

'내게 다른 미래가 있다는 걸 믿으면 여기를 더 잘 살게 된다'고 생각하는 지민이 작업을 하다 말고

커피를 마시기 위해 일어선다. 방금 날아간 새는 지민이 모르는 하늘을 날고 있다.

코끼리 씨

코끼리 씨를 처음 만난 건 복잡한 장마철 지하철에서였다. 장마도 복잡하고 지하철도 복잡했는데 나는 조금 술에 취해 있었고 그래서 아무래도 상관없었다. 이러나저러나 복잡하든 말든. 마침 지하철은 네모났고 창문도 네모났고 창문 밖으로 덜컹거리는 건물들도 네모났다. 단순하지. 코끼리 씨가 나타난 건 그때였다. 내 옆자리에 앉아 있던 사람은 사당역에서 내렸다. 멋지게 입은 사람들은 다 사당을 거쳐 가네. 코끼리 씨는 운 좋게 내 옆에 앉았는데 건물도 창문도 열차도 다 네모났는데 코끼리 씨의 귀는 대충 접은 쪽지처럼 참으로 복잡한 모양새다. 아~ 복잡하기 싫은데. 나는 술집에서 훔친 오렌지 두 조각을 코끼리 씨에게 건넸다. 이제 우리는 둥글둥글하지? 상현달 같은 입모양으로 우리는 이웃사촌 같지? 코끼리 씨는 예의 바른 웃음으로 오렌지를 받았다. 손으로 받았다. 코끼리는 코가 손이라는데 정작 코끼리 씨가 코를 사용했는지 손을 사용했는지 아니 손과 손 중에 어떤 손을 사용했는지 그런 건 떠올려지지 않아. 복잡하니까. 다만 나는 오렌지를 주었고 코끼리 씨에게서는 아까부터 오렌지 냄새가 나. 시트러스. 시트러스. 나는 함부로 접힌 쪽지의 모양으

로 잠들었다. 장마도 복잡하고 지하철도 복잡했는데 눈을
떠보니 오렌지 두 조각만 남아 있고 모두 없었다. 이수쯤
온 것 같다.

코끼리 씨

　코끼리 씨는 어느 날 나를 찾아왔다. 나는 볶음김치에 인스턴트 우동을 먹고 있었다. 코끼리 씨는 코를 단정하게 어깨 앞으로 빼두고 내가 밥을 다 먹을 때까지 기다려주었다. 코끼리 씨를 기다리게 하면서 밥을 먹는 건 처음이라 내 목에선 자꾸 낡은 선풍기 돌아가는 소리가 나, 먼지 쌓인. 코끼리 씨는 선풍기가 멈추지 않도록 긴 손으로 등을 툭툭 쳐줬다. 겨울의 카페에서 친구는 코야 손이야 코야 손이야 물었는데 나는 코와 손을 동시에 사용한다고 말했고 친구는 코야 손이야. 나는 정치적 올바름, 정치적 올바름. 친구는 바람 빠진 소리. 코끼리 씨가 내 등을 쳐줄 때마다 그런데 생각해보니 우리는 통성명도 하지 않았네. 그렇지만 코끼리 씨를 봐. 너무나도 믿음이 가는 얼굴이지 않니. 믿음이 가는 코끼리 씨와 나는 국물만 남은 우동을 바라보았다. 한참 동안이나 우동에 비친 코끼리 씨의 오리무중한 얼굴. 그사이 우동은 조금 수줍은 듯 짙은 국물이 되어갔다. 내 정신 좀 봐. 한참을 그러했는데 돌연, 코끼리 씨가 돌연, 내 발바닥이 되고 싶다고 했다. 지민 씨의 발바닥. 나는 여름이 끝날 것처럼 기침하였다. 코끼리 씨의 코는? 잠잠하였다. 발바닥이 되고 싶어요, 지민

씨의. 발바닥은 최근에 각질을 제거해 보드랍고 맨들맨들
해. 지민은 만지작댈 수 있는 걸 만지작댔다. 지금 코끼리
씨는 어디에 있나. 곰곰이 생각해보면 나는 무엇보다도
코끼리 씨의 굴곡을 좋게 보았던 것 같다.

ETA

버스를 기다리면 버스는 오지 않아. 투명한 아이가 신발 앞코로 모래를 파고 있습니다. 아이는 버스를 기다리는데 버스는 기다리면 오지 않는 버스라서 아이는 기다린다. 그런 아이를 나는 보고 있습니다. 오래 보고 있습니다. 여기에 있는 아이의 과거를 내가 알고 있기 때문에 나는 아이의 미래까지 알 수 있었습니다 투명한 아이의 미래는 여기부터

시작되었고

아이는 아침으로 우유 한 잔을 마십니다. 그때 아이는 주방에 있습니다. 아이는 거기에 있다. 우유 한 잔을 마시는 아이의 배는 언제나 조금 볼록해. 파란색 줄무늬가 아이의 배에서 완만한 곡선을 이루고 있습니다. 숨을 삼키듯 우유를 마시는 아이의 발 옆에 다 늙은 몰티즈가 무방비한 배를 보입니다. 몰티즈의 배는 연분홍색, 잠이 덜 깬 아이의 두 볼은 붉어요. 우유는 하얗고 비립니다. 몰티즈의 두 귀처럼 작고 차가운 손이 몰티즈를 쓰다듬습니다. 몰티즈가 잠들면 아이는 집을 나섭니다. 아이의 손에서

흔들리는 파란색 실내화 주머니

덩그러니
있었어요
버스를
기다리고 있었어요
이름 모를 풀이
뒤덮고 있었어요
버스를
기다리고 있었어요
모서리 닳은
전단지가 생겨났어요
버스를
기다리고 있었어요
어느새
둘이 되어 있었어요

몰티즈가 허공을 향해 짖을 때
풀이 두 사람만 아는 비밀만큼 자라났어요.

거기에 있던 아이는 이제 여기에만 있습니다. 나는 여기 있는 아이를 보고 아이는 여기 있는 나만 볼 수 있습니다. 내가 아이가 된다면 모르는 아이를 더 이해할 수 있게 될까. 내가 왼손을 내밀면 오른손을 따라 내미는 아이의 배는 언제나 무덤보다 볼록해

버스를 기다리면 버스는 오지 않아 나는 단 한 대의 버스를 기다리고 있습니다. 그것은 되돌아오지 않을 수 있습니다. 원점이. 너무 멀리 있기 때문에. 버스를 기다리는 이 시간은 영원은 아니지만 길어 보여. 그러나 아이에게는 아닐 수 있다. 그런 아이를 나는 보고 있습니다. 오래 보고 있습니다. 나는 손끝에서 나무가 자랄 동안 버스를 기다리고 있다고 말합니다. 쓰다듬어질 수 없는 손으로부터 몰티즈는 잠을 기다리고요. 두렵지 않은 나는 기다린다. 버스. NO ETA.

미술관에 가면

기분이 좋다 미술관에 가면 높은 천장, 거인의 뼈 같은
기둥. 기둥 뒤에서 당신을 기다린 적 있다 당신을 찾아내
기 위해 모르는 사람의 뒤를 밟은 적 있다 사람의 뒤통수
는 잘 구분되지 않아서 나는 기둥 뒤에서 오래 숨을 죽여
야 했다

그래도 미술관에 가면 기분이 좋지 구름이 훤히 보이
는 유리가 아주 많으니까 손으로 쥐기도 전에 구름은 늘
다른 곳에 가 나를 내려다본다 새가 된다면 구름의 속도
를 이해하게 될지도 몰라 구름같이 솟아오른다면 당신이
나를 금방 찾아낼 수 있을지도 모르지만

구름이 달을 가리는 밤에 관해서라면 나는 이미 너무
많이 알고 있다 숨은 적 없는 나를 찾는 사람들로 복도는
분주하고

나를 지나치면서 사람들은 미세한 틈을 찾기 위해 안
경을 몇 번이나 고쳐 쓴다 밤마다 경비원은 나를 더 짙은
그림자 속으로 몰아넣고 오르내리는 거인의 숨 속에서

나를 찾아내려는 술래에게는 이제 더 많은 시간이 필요
하다

　미술관에 가면 숨기 좋은 장소가 많고
　그보다 더 많은 들키기 쉬운 창이 있는데

　못 찾겠다 *꾀꼬리*

　조각난 빛 아래서
　당신이 표백된 접시를 오래 보고 있다

달리는 미술관

눈을 떴을 때 너는 벽이 되어 있었다

열리고 닫히는

초마다 지워지는 풍경에 대해서라면

벽이 되어도 아름답구나

너의 투명한 소화기관으로 어린 나뭇잎이 물고기가 되어 물살을 겪고 작은 벌레들이 떼를 지어 물가에서 자살하고 하루아침에

백발의 노인이 된 덜 마른 아이들이 튀어나오는

네 개의 꼭짓점 그 안에서 너의 이목구비를 찾으려면 한참을 헤매야 했는데

바깥이 아니라 지상에서 찍힌 겁니다

찻잔의 둘레를 재려다 깊이에 빠진 소녀처럼

노을은 언제나 밑에서부터 차오르고 있었다

팽오레쟁 팔미에 쇼송오폼

겨울 벽에 귀를 갖다 대면 나무 소리가 들려

귀는 금방 차가워지고 빨갛게 달아올라 가장 뜨거운 불은 파란색이라는데 그래서일까 내 귀가 이렇게 차가운 것은 모든 바람이 내 귀에 들어와 있는 것만 같아 바람이 머물고 간 귀에 회오리 무늬가 생겨 우리는 모두 바람의 아이들이다

바보야, 나무 소리 같은 건 없어. 그건 바람이 나무를 흔드는 소리에 불과해. 바람에는 아무 소리가 없거든. 아무 소리 없는 바람이 아무 소리 없는 나무를 흔들 때 생겨나는 효과에 불과해.

(아이가 아이의 귀를 만지며) 그런데 네 귀도 봐 바람의 모양이다 바람의 아이야, 내 귀를 만져봐

(아이가 아이의 귀를 만지며) 너무 차갑다. 너무 차가워. 이리 와. 바닥에 납작 엎드려. 바닥이 따뜻해. 이리 와. 너무 차갑다. 너무 차가워.

○

　발음하기 어려운 빵 이름을 여러 번 외면 주문을 외는 것 같지. 잃어버린 소원이 바람을 타고 다시 내 입으로 들어온 것 같지.

　팽오레쟁 팔미에 쇼송오폼
　팽오레쟁 팔미에 쇼송오폼
　팽오레쟁 팔미에 쇼송오폼

　주방을 가득 채운 빵냄새
　상아색 반죽이 오븐 속에서 익어간다

　두꺼운 장갑을 끼고 오븐을 열면 모래사장에 오래 누워 있었던 듯 잘 익은 얼굴이 태어난다.

　오일 묻힌 붓으로 아이들을 쓰다듬으면 아이들은 두 눈을 꼭 감고 재채기하지.

빵 위로 검은 깨가 뿌려진다.

○

숨을 들이쉬고 내쉬는 강아지의 하얀 배처럼 가로수의
잎이 부풀었다가 가늘어지기를 반복해

태풍이 몰아칠 예정인가 봐

창문 너머의 창문 너머의 창문 다 그려지지 않는 창문
속에서 볼이 빨간 아이가 철장에서 훔쳐 온 개가 따뜻해
지길 바라며 흰 털을 품에 꼭 안고 있어

차가운 털을 쓰다듬던 아이가 분홍색 배에 귀를 가져다
대면

○

젖은 우산을 여러 번 접었다 폈다 물기를 제거한 사람

들이 종을 울린다. 지저분한 물 자국이 웅덩이를 만들고
  스테인리스 집게가 빵을 집어 올릴수록 쟁반은 온기를
품게 되고.

매일 아이들이 태어나는데
그만큼 아이들이 사라지는 건 어떤 이유에서지?

비가 두드리는 것은 창문에 불과하지 않다

여기저기서 아이들 냄새가 난다

○

나는 왜인지 다 보고 온 것만 같아

조각난 장작과 난로와 개와 개의 가는 털과 흰 달걀과
홍조가 심한 아이와 바람과 흔들리는 나무가 되어본 것만
같아 개의 털을 쓰다듬으면 나른하다 나 점점 나른해진다
햇볕이 잘 드는 곳에서 이상한 꿈만이 상영되는 낮잠에

빠져 있는 것만 같아 햇빛 아래 돋보기를 두면 불이 나는
것처럼 이것 봐

내가 점점 부풀어 오른다.

우리의 몸에서 사라진 아이들의 달큼한 냄새가 난다.

잠정 진리

나는 은수와 구겼던 골목을 펼쳐
방에 걸어놓는다

철봉에 거꾸로 매달린 아이들이
앞니 빠진 자리를 드러내며 웃는다

운동장은 점거 상태다

MISSING
은수를 기다리는 나의 상태:

모르는 사람의 엉덩이 밑에 깔린 겉옷의 마음을 누가
헤아리리

은수 없이도 계절은 바뀐다 그것은 끔찍하지만 삶을 중
단하게 하지는 않는다 문틈에 찧은 손가락처럼 모두가 그
고통을 알지만 아무도 인정해주지 않는다

하지만 은수는 사라진 것이 아니다 사라졌다는 말은 흩

연히라는 부사를 불러오므로 그러나 은수는 홀연히 사라
지지 않았다 내가 여기에 있다

　전단지가 해질수록 은수를 잃어버렸다는 것이 분명해
진다

　나는 실종 상태로부터 은수를 꺼내 오기 위해 전단지를
붙인다

　전단지는 찾기 위해서가 아니라 잃어버림을 공표하기
위해 필요하다

　은수는 잠정적으로 실종 상태다

　은수가 돌아올 때까지 이것은 잠정적이다 그러나 달리
써볼 수 있다

　은수가 오래 기억되길 바란다고

3부

줄무늬 빛이 들어온다

나무 하기 연습 한다

손으로 해를 가리지 않기

비의 동선을 방해하지 않기

지나가는 개를 보고 알은체하지 않기

명사를 저주하지 않기

꿈속 인물을 빼내지 않기

새의 날개를 훔쳐 멀리 가지 않기

연습이 길어질수록 눈에 빛이 고인다

줄무늬 빛이 들어온다

보이지 않아도 거기에 있음을 안다

미래의 빛

몇 세기에 걸쳐 바다가 돌에 맞닿아 생긴 동굴이에요
가이드가 말하고 동굴 안은 바다 냄새로 가득하다 심해
생물의 몸속에 들어온 것처럼
숨을 들이쉬고 내쉴 때마다 경계를 넓히며 차오르는
파도
들이치는 어둠 속에서 나는 앞서 걷는 너의 손을 고쳐
잡았다 떨어지지 않기 위해
머리에 빛나는 조명을 단 사람들이 옹기종기 모여 있다
동굴은 깊고 알 수 없는 시간대의 물이 천장에서 사람
들의 머리 위로 떨어진다 흘러내리는 이마를 훔치면 손끝
에 맺히는 투명
세례는 빛을 향해 떨어지는 입술의 모양이라 동굴에 있
는 우리는 미래의 운명을 나눠 쥘 수밖에 없었다 바닥에
는 몇 개의 웅덩이들 얕게 고여 있고
올려다본 천장은 수천 개의 물방울로 가득 차 있다 어
두운 방에서 홀로 눈을 떴을 때처럼
등진 너를 안으면 모르는 사람의 침대에 누워 있는 기
분이 되기도 했는데
이제 헤드램프를 꺼주세요

걷다 보면 끝은 성큼 찾아와 있고
조심해
빛은 곧 도처에 널릴 것
손이 손끝을 찾아 쥐듯
동굴 안에선 모든 말이 크게 들린다
맞잡은 손에 대해 깊게 생각하지 않는다

잔상

행위가 세계를 초과 중에 있다
필터 위를 스테인리스 주전자가 공전한다
갓 내려진 커피가
까만 낯빛을 모사하고 있다 테이블은
악의가 없고 구름이 뜨지 않는 테이블 밑은
동기를 숨기기에 충분하다 그러므로
손은 침묵을 모른다
차창 밖으로
바깥이 외부를 증명하고자 손을 뻗고 있다 길이 제 몸
의 직선을 주장하고 있다 목신의 어떤 오후*에는 기침 같
은 발자국이 떠나가기도 했는데
길이라는 카펫 위에서 사람들은
구걸하고 침을 뱉고 살인하며 가끔 무고했다
차가 지나갈 때면 세계는 도르르 말렸다가 오른쪽에 의
해 퍼진다. 일방통행 도로는 손 밑에 감춰진 조소, 둥글게
말려 있다 실내는 웅성웅성한 헛기침. 매캐한 입김으로
가득하고
사위가 하얀 이곳에서 맞은편의 잔상은
너일 수 없다 불현듯

둘러보면 사방은 어디나 아득한 폐허였습니다**

* 클로드 드뷔시, 「목신의 오후에의 전주곡」.
** "둘러보니 사방은, 어디나 아득한 폐허였습니다"(이원, 「화창한 날의 동화」, 『그들이 지구를 지배했을 때』, 문학과지성사, 1996) 변용.

당신이 당신에 대해서 모르는 것

당신을 본 적 있습니다

사람들이 소리를 주고받는 테니스장에서
킥판이 어지럽게 쌓인 수영장에서

꽃으로 둘러싸인 액자 속에서

당신에 대해서라면 나는 단순한 것도 제대로 이야기하지 못합니다 이를테면 당신이 겨울 과일과 여름 과일 중 어느 쪽을 더 선호하는지 비가 오는 날과 눈이 내리는 날 중 어떤 날씨를 더 마음에 들어 하는지 당신의 제2외국어가 일본어와 중국어 중 어느 언어의 입술인지 말하지 못합니다

그러나 당신이 손에 들고 있는 과일이 다름 아닌 홍시라면 나는 그 홍시를 잘 매달아 당신에게 돌려줄 수도 있습니다

당신이 낯선 언어로 숫자만 더듬더듬 셀 줄 안다면 나

는 당신의 카운트다운이 반대로 돌아갈 때까지 도울 수
있습니다

　모래시계를 뒤집고 또 뒤집는 하얀 손등처럼
숫자가 무한히 늘어나도록

　하얀 손등이 새가 되어 당신에게 아름다운 장면을 배달
할 때까지

　그러나 당신의 세계가 나의 접근을 허가하지 않으므로

　지금 당신은 흰 나라에 있다고 들었습니다 그곳은 눈이
멈추지 않는 곳 눈이 멎을 듯 흩날리다가 다시 모든 자취
를 뒤덮는 곳 차가운 공기가 냄새의 전부인 곳 당신을 찾
기 위해 손을 뻗으면 내 손에 축축한 물기가 남습니다

　손과 손을 옮겨 가며
당신이 상상 바깥으로 굴러갑니다

이런 식의 의외성

당신에 대해 나는 다른 방식으로 말하고 싶습니다

내일 만나요

고양이를 따라가다 진입한 우연한 골목을 지나서
시선이 교차하지 않는 사거리 횡단보도에서

서로의 발끝으로 굴러온 공을
멋쩍은 얼굴로 건네면서

왔던 길을 되짚으며
지갑을 잃어버린 사람처럼
내가 외칩니다

개찰구에 카드를 찍으면서
당신은 말하는군요

짜이찌엔
사요나라

그러나 내가 당신에 대해 말할 때
당신은 변수로 뒤덮인 날씨를 번갈아 쥐면서 다른 계절
에 도착합니다

가능해집니다

화분과 우산

누군가가 창문을 닫자 다른 누군가가 창문을 열고 환기를 시작한다. 누군가와 누군가에게 이름을 붙여 부르면 누군가와 누군가는 다른 장면을 공유하는 한 영화의 인물이 된다. 꽃과 그 꽃에 꼭 맞는 화병처럼. 우산과 그 우산에 꼭 맞는 우산꽂이처럼. 장화와 그 장화에 꼭 맞는 작은 발처럼.

우산에 찔린 사람과 우산에 의해 보호받은 사람이 같은 가게에 들러 하나 남은 빵을 동시에 집을 때 사건이 시작된다고 느낀다.

영화의 바깥에서

영사기에서 송출되는 빛을 화분과 화분이 나란히 보고 있다. 화분과 화분 사이에는 컵 홀더가 있고 화분과 화분이 같은 컵으로 손을 뻗을 때 사건이 시작된다고 느낀다.

화분이 우연히 들른 카페가 다른 화분이 자주 가는 카페였다면. 화분이 처음 앉은 창가 자리가 다른 화분이 즐겨

앉는 자리였다면. 바깥에서 다른 화분이 창문을 두드려 화분을 보고 먼저 웃고 있다면. 같은 색의 컵에 입술을 갖다 댄다면.

얇은 창을 사이에 두고 화분과 화분이 놀라움을 감추지 못한다면. "이거 정말 이상한 우연이네요" 기어이 말해버린다면.

우연한 사건으로 화분과 화분이 저녁을 함께한다면. 영화에 대해 말하게 된다면. 그 영화에서 우산은 참 못되었더군요. 그 영화에서 우산은 참 이해되더군요. 그 영화에서 우산은 비에 지고야 말더군요. 그 영화에서 우산은 처량하더군요.

말할수록 화분과 화분 사이에 여러 개의 우산이 활짝 펼쳐진다면. 사이라는 것을 화분이 느껴버린다면.

"차 한잔할까요" 묻는 화분에게 다른 화분이 자 그럼, 말하고 다른 사건 속으로 사라진다면.

각각의 사건 속에서 각자의 머리 위로 빗방울이 떨어
질 때

새 우산을 펼친 화분이 그래서 결국 우산이 어떤 모양으
로 접혔지? 문득 반추하게 된다면. 같은 시각 다른 화분이
멍하니 와이퍼가 물을 밀어내고 밀어내는 것을 본다면.

정말 이상한 하루였어.

화분이 베란다에 젖은 우산을 활짝 펼쳐놓을 때 사건의
뒤에서 우산이 화분을 닫는다.

모델 빌리지*

1

플라스틱 창문으로 햇빛이 들어온다

기억나? 우리가 과학 시간에 아이스크림 만들었던 거
소금 뿌린 얼음 위에 우유를 휘저어 만들었던 거 말이야

팔이 얼얼할 때까지 저었잖아 특별히 맛있지도 않았는데
맛있다 맛있다 놀란 표정으로 나를 바라보았잖아

"이거 정말 아이스크림 같다" 말하면서
무엇 같다는 건 결코 그것일 수 없다는 건데

아이스크림 같다 너는 말하며 기껏 응고시킨 우유가 다
녹을 때까지 방치해놨잖아

난 늘 생각했다 이 세계는 마을은 우리는 바늘 가까이
에 놓인 풍선 같다고 붕붕 떠다니다가 순식간에 터져버릴
것만 같다고

그때 손에 쥐어지는 것은 색색의 풍선이 아니라 어디에
도 쓸 수 없는 고무 쪼가리
풀숲 사이에 꼭 하나씩 처박혀 있는

길거리에 자주 보이는 쓰레기와 너의 영혼을 견줘본 적
있니

나는 그게 다 나 같았다
쓰이는 것보다 버려지는 것이 더 자연스러운 게 꼭 미
래 같았다

가상의 틈을 드나드는 아크릴 영혼
텅 비어서 아름다울 수 있는 게 얼마나 많은지

나도 그런 것들의 일부가 되고 싶었다

이를테면 너 같은 거

네가 걷는 곳마다 길이 생기고 네가 여는 곳마다 문이
생기는 것
그 힘을 나도 가져보고 싶었다

2

모델 빌리지

이곳에서는 죽는 게 가장 자연스러운 일 같다

모두 시체가 되어가는 연습을 하는 것 같다
하얗다 못해 파랗게 질린 너의 피부에 손이 닿을 때면
시멘트로 덧씌워진 창문을 여는 기분이었어

이런 것도 기분이라고 할 수 있다면

사실 나는 대여섯 번 죽어본 적이 있다

이런 것도 비밀이라고 할 수가 있다면

플라스틱 창으로 빛이 들어온다

모두가 그 빛을 받으며 가만가만 앉아 있다

3

모델 빌리지

모든 꿈의 최종 도착지

변형되지 않고 오로지 훼손되기만 하는

걸을 때 나를 지나가는 십 이상의 단위들
틈을 헤치며 앞으로 나아갈 때마다 나는 아무나 붙잡고
물어보고 싶었어

내일을 믿는지 내일의 존재를 믿는지 내일이란 게 달라
질 거라고 믿는지

희망이라는 단어는 부수기에 얼마나 적당한가

나는 대부분의 존재를 혐오했지만 이왕이면 그들이 상
처라는 걸 모르는 세계에서 살기를 바랐다

병신

네가 내 머리를 땋아주며 무심코 내게 던진 말

새 신발 밑창에 달라붙은 껌처럼 그 말이 떼지지가 않
는다

* 권하윤, 「모델 빌리지」(모형 실사 촬영, 단채널 비디오, HD, 컬러, 스테
레오 사운드, 9분 39초), 2014. 이 작품은 대남 선전을 위해 인공적으로
조성된 '기정동 마을'을 소재로 삼는다. 그곳은 문과 창문이 모두 페인트
로 그려져 있다.

나나에서 나나에게

나나는 논다 무엇과 노느냐고 묻는다면 나나는 앞코로 모래를 후빌 수밖에 없어 모래에 파묻힌 모래성의 도구가 필요하니까 플라스틱 삽과 플라스틱 갈고리와 플라스틱 양동이와 플라스틱 꽃게와 플라스틱 포클레인이 한꺼번에 출몰하는 모래, 속에는 또 아주 많은 기억들 침을 뱉어 모래 반죽으로 성을 만드는 나나 성 옆에 해변을 그리는 나나 갈고리로 파도를 만드는 나나 해변에 모래 꽃게를 만드는 나나 꽃게를 하나하나 만들 때마다 비틀거리는 나나의 미래가 읽히는 것을 어쩔 수가 없다 성을 부수고 해변을 덮고 꽃게를 매장하고 미래를 부수는 포클레인을 어쩔 도리가 없듯이 아이들이 하나씩 집으로 돌아가는 오후가 찾아오는 것을 말릴 수가 없듯이 해가 지면 혼자가 되어버린다는 것을 나나는 그 어떤 미래보다도 먼저 알아 눈물이 날 것 같을 때 입술을 핥으면 갈라진 상처에서 쇠 맛이 난다는 것을. 엉덩이를 모래에 딱 붙인 나나가 재개발을 축하하는 현수막을 본다 현수막이 걸린 그물로부터 빠져나가는 건 다름 아닌 나나의 미래. 나는 때때로 나나가 너무 많은 것을 알고 있는 것만 같아 무섭다 나나의 한 갈래 미래로서 나나가 너무 많은 것을 알아채기 전에

나나를 집으로 돌려보내야 한다. 초록색 페인트가 벗겨진 철문으로

　나나가 도랑을 끌고 갈 때 나나가 만든 모래 병정이 나나의 뒤를 지킨다

킨츠키 만들기

가진 적 없다 그러므로 만들 수 있다 무어라 부르는 게
좋을까 뭐라고 불러주길 바랄까 당신은 내가 태어나기도
전에 죽어버렸기 때문에 내가 불러주기를 바라지도 않을
것이다 (당신이라 불러버렸다) 그렇기에 나는 좋아하지 당
신 이를테면 외출할 때마다 중절모를 쓰고 나가는 버릇이
있는 당신 당신이 늘 가지런히 못에 걸어놓던 중절모 쓸
때마다 여러 번 매만져서 평평한 부분이 닳아버린 자줏빛
중절모 당신은 거리를 상관 않고 외출할 때마다 중절모
를 머리에 얹는데 그러나 단 하루 당신은 그 중절모를 잊
어버리고 그리고 죽어버렸겠지 예비 없이 당신의 넉넉함
이 식구들의 깨질 듯한 얼굴에서 나왔듯이 당신은 능숙하
게 일본어를 구사하고 그것은 당신의 자부심이자 수치 킨
츠키 그래 나는 당신을 킨츠키라 불러야겠어 상을 뒤집고
다시 붙이는 킨츠키 뺨을 때리고 쓰다듬어주는 킨츠키 침
을 뱉고 연기를 삼키는 킨츠키 두려움과 사랑을 한 몸에
받는 킨츠키 중절모를 썼다가 벗듯이 가뿐하게 이 모든
것을 해내는 킨츠키 내가 이어 붙인 킨츠키 언제 깨질지
몰라 조마조마한 킨츠키 아무에게도 물어볼 수 없는 킨츠
키 부분의 총합인 킨츠키가 내게 바라는 게 없기 때문에

킨츠키 나는 너를 사랑할 수 있지 물을 담자마자 질질 흐
르는 킨츠키처럼 마른 손으로 얼굴을 가르면 물기 없는
면이 드러나고야 말듯이 나의 사랑을 담도록 해 킨츠키
그렇게 속죄해 대문 없는 집에서 킨츠키가 엉엉 울며 내
사랑을 받는다

목욕

이목구비를 그려줄게 표정은 따라오는 것이니 두려워
말기 거울 너머로 홍조 띤 얼굴이 쏟아진다 말하자면 페
인트 총이었는데 서로를 향해 겨눈 심장이었는데 흙으로
빚어진 완전한 형상을 어떻게 설명해야 할지 욕조에 파묻
혀 지워지기를 결심한 마음을 어떻게 한 문장에 담아 매
일 몸을 지우는 연습 하지 서서히 희미에 도달하도록 금
방이라도 고꾸라질 것 같은 등은 한 번도 회개를 놓친 적
없다 하루에 대해 어제에 대해 아무리 펼쳐도 다 펴지지
않는 무릎에 대해 손으로 원을 만들어 뜨거운 숨으로 거
품 만든다 터뜨리기 위해 아스팔트 균열을 감지하는 개미
시멘트 담장을 뚫고 자라나는 침엽수 더 깊은 그늘로 꼬
리를 감추는 고양이 지긋지긋하게 살아남는 두 손 가득
하얀 거품 모아 눈을 덮는다 감내한다 눈에 새빨간 벽돌
이 쌓이는 것을 흰 붕대를 두르고 미래를 점치는 사내처

럼 내일을 점칠 수 있다면 그러나 이것 봐 생각만으로도
어제에 가까워지는 내일 좀 봐 눈에 서린 까마득한 어둠
때문에 미래를 상상할 수가 없는 게 아무렇지 않아서 슬
펐지 무용하게 매끄러운 타일의 형식으로 문밖은 배반하
는 건축물로 가득한데 아무렇지도 않았다고 해 문을 열고
나가면 이 모든 기도는 없었던 걸로 턱끝을 침범하는 노
을에 형태를 위탁하기로 내가 이곳에 있었다지 아무것도
모르겠다는 표정으로 문을 열고 나가는

* 『야생의 심장 가까이』, 민승남 옮김, 을유문화사, 2022, p. 119.

사이

무릎까지 눈이 쌓인 길을 걷고 또 걷습니다. 저 앞에서 어른거리는 것이 무엇인지 모르겠습니다만, 달리다가 종종 멈춰 뒤돌아보는군요. 내가 가까워지면 다시 달리는군요. 길은 내가 걸어온 만큼만 나 있군요. 내 보폭만큼만 생겨나는군요. 발이 푹푹 빠지는 것이 걸어도 걸어도 앞으로 나아가는 것 같지가 않군요.

왜 따라가는지 알 수 없으나 나는 따라가보는군요. 그것과 나 사이에는 일정한 거리가 유지되는군요. 얼마나 걸었을까 문득 뒤를 돌아보았을 때 주황색 지붕이 눈에 들어왔습니다. 집을 보자 내가 무척 춥고 배고프다는 생각이 들었습니다. 문득, 저 집은 어째서 눈이 쌓이지 않았나 어째서, 내 눈에 보이는가

생각할 틈도 없이 그것을 등지고 지붕이 있는 쪽으로 걷기 시작했습니다. 잘만 마음먹으면 닿을 수 있는 거리처럼 보였는데

일어나니 사위가 환했습니다. 그렇구나 방금 전까지 꿈속

이었구나
  그렇게 깨닫고 나니

  내가 살고 있는 이 집이 붉은 벽돌로 지어진 오래된 다
세대주택이라는 것을 상기해내는 데 오랜 시간이 걸리지
않았습니다

  밤사이 쌓인 눈으로 거리는 하얗게 물들어 있습니다

  하얗고 여린 눈길 위로 차가 지나가고 바퀴가 넘어가고
경계심 많은 고양이가 꼬리를 곧추세운 채 살금살금 지나
가고 할아버지의 느린 걸음과 구루마의 투박함이 스치고

  지나갈 수 있는 길은 이제 온통
  더러운 모양이군요

  나는 옷을 단단히 챙겨 입고
  주황색 모자를 쓰고
  한 손에 삽을 드는 대신

커튼을 닫고 이불 속으로 들어갑니다

그러자 반대편에서 내리기 시작한 눈이
내게

가볼 테면 가봐,
속삭이는 것입니다

잔의 형상

모여든다

잃어버린 것이 있다는 공통만으로 손쉽게 우리가 된 우
리에 의해
잔이 하나씩 줄어들고 있다

건너편은 모조리 공석
사람들이 테이블 위에 놓인 잔을 가만히 바라본다

그 카페는 이상하다지?
잃어버린 사람만 있고 찾은 사람은 없다지? 사진을 찍
는 사람만 있고 찍히는 것은 없다지? 던져진 말만 있고 대
꾸는 없다지? 테두리만 있고

기척은 없다지?

그 카페에 가면 뜨거운 라테 거품이 그리운 얼굴로 변
해 떠오른다고 해 잔의 테두리를 천천히 더듬으면 그리운
온기로 손끝이 붉어진다고 해

우리가 잔을 비울수록
빈자리는 여러 얼굴이 되어간다

있잖아, 오늘은 가지 끝에 네가 즐겨 하던 분홍색 목도
리가 매달려 있는 것을 봤어

있잖아, 오늘은 보닛 위에서 너처럼 코에 까만 점이 있
는 고양이가 얼어 있는 것을 봤어

있잖아, 오늘은 하수구 속에서 너의 회색 장갑을 봤어
아무리 고개를 숙여도
다른 손을 찾을 수가 없었어

입가에 하얀 얼룩이 생겨날수록
카페는 만석이 되어가고

미래의 흉터를 감싸는 백색의 붕대처럼

창밖으로 하얀 눈이 내리고 있다

잔과 잔을 마시는 입술이 교차할 때
사거리 횡단보도는 일 년 내내 유행

역방향으로 재생되는 영상처럼
입김이 멎고

있잖아,
오늘도 길을 걷다 널 닮은 구름을 봐버렸어

소란이 유령의 뒤를 밟는다

다녀왔어

계속해서 반복되는 장면들이 있어 그것을 상영한다고
말할 수도 있어 그것이 상영된다고 말할 수도 있어 그렇
지만 이렇게 말해볼 수도 있다 아무도 동전을 넣지 않는
뽑기 기계 아무도 끌지 않는 쇼핑 카트 쓸모를 잃은 사물
들은 쓸모없이 그 자리에

성씨를 모르겠는 이름들
미정 민지 수민 은수 철수 민규 수현이 영희 지민 민수
은지 현지 영호 지훈이 현우 은화 희선 민주 예은 하은 돌
림자 성우 민재 미정 명희 영순 숙자 옥순 순옥 귓바퀴를
맴도는

비명에 가까운 이명

아이야,

언젠가는 풀꽃과 들꽃을 구분하게 될지도 모른다
토끼풀을 엮어 반지를 만들며 하던 말

애들아

부르면 뒤돌아볼 수많은 얼굴들이

무서워

하루는 새벽에 담배를 피우러 나갔는데 쓰레기통 뒤에
숨어 먼지를 뱉어냈는데 경비 아저씨가 대형 쓰레기통에
서 쓰레기봉투 하나를 주워 가는 걸 봤는데 머리가
　헤집히는 기분이었는데

있지
나는 모든 일에 좌절할 준비가 되어 있다 그래서

이름을 훔쳐 가는 사람에 대한 이야기
행방불명된 아이에 관한 이야기
방치된 정거장에 전단지를 붙이는 사람에 대한 이야기

밤이면 사라진 아이의 얼굴 집요하게 천장을 떠다니고

아이는 커서 강아지 뒷목을 함부로 헤집는
백자 같은 얼굴이 되었구나

웃자라 부러지는 기린의 목같이
가지 끝을 무너뜨리며 날아가는 새

텅 빈 자판기에 동전을 넣는 사람은 무엇을 잃으려고
하는지
끝내 알 수 없는 도용된 마음과
불 꺼진 건물 밖을 밤새 서성이는 사람이 있다면

나는 이 모든 것이 음 소거 된 영상이라고

끝도 없이

백 년의 시간
한 세기의 뜻 모를 밤이면

허수아비를 사람이라 오해하는 일도

충분히

가능할 것 같다

4부

무조음악

나나와 수연은 육교에서 딱 한 번 마주친다 그들은 원수가 아니고 죽고 못 사는 사이도 아니다 아무 사이도 아니다 모르는 사이이고 나나는 육교를 오르며 공룡의 등을 타는 것 같아 생각했고 수연은 아무 생각도 하지 않았다 어제 나나는 마마를 부둥켜안고 울었고 수연은 집에 들어가지 않았다 나나와 수연은 스쳐 지나가고 그때 나나는 수연의 몸에서 나는 단내를 맡는다 두 사람은 각기 한 번씩 뒤를 돌아보는데 둘 사이에는 시차가 있으므로 어떠한 일도 일어나지 않는다 육교를 내려와 나나는 오른쪽으로 수연은 왼쪽으로 걷는다 무심코 건너편을 본 그들은 서로가 있었음을 금세 잊어버리고 그러므로 두 사람이 마주친 일은 사건이 되지 않는다 그렇게 그들은 엇갈린다

재앙으로 시작해서 재앙으로 끝나는 영화*

애, 그런 건 너무 많아.

미숙은 말한다. 미숙은 나나의 친구이다. 나나보다 마흔 살 많은 친구. 할 일이 없을 때, 하하와 마마가 싸울 때—하하와 마마는 누가 더 오래 침묵할 수 있는지를 대결하는 것 같다—누군가가 머리를 만져주었으면 할 때 나나는 미숙의 미용실로 간다. 미숙의 미용실에는 믹스커피와 에이스가 있고 미숙이 너무 가까이 가지 말라고 하는 난로가 있고 머리를 볶는 나이 많은 여자들과 나나처럼 할 일 없이 오는 여자들이 있다.

나나는 미숙이 까주는 땅콩을 먹으며 미숙이 보는 드라마를 본다. 화난 여자들과 울상인 남자가 나오는. 미숙은 여자들이 화낼수록 깔깔 웃는다. 그렇지, 그렇지. 나나는 미숙이 한곳에 까놓은 땅콩을 먹으며 미숙을 구경한다.

저녁이 되면 미숙과 나나는 백반을 시켜 먹는다. 나나의 입에 그것은 늘 예상보다 짜고 뜨겁다. 나나가 입에 손부채질을 하면 미숙은 또 깔깔 웃는다. 미숙은 잘 웃는다.

먼 미래에 나나는 미숙을 떠올리며 미숙의 웃음소리를 따라해보려 하지만 잘되지 않는다. 여하간 미숙은 잘 웃고 파마 롤을 말 때면 늘 껌을 씹는다. 나나는 처음 미숙의 미용실에 왔을 때를 떠올린다. 미숙이 밥을 먹고 가라 자리를 내주었을 때 나나는 알게 되었지. 미숙이 백반 쟁반 밑에 껌을 붙인다는 걸. 쟁반 밑에 붙을 때 껌은 이미 나나의 눈만큼 작아져 있다.

때때로 나나는 등굣길에도 미숙의 미용실에 들른다. 그때 미숙은 어머 얘 봐 또 깔깔 웃으며 나나의 머리를 예쁘게 땋아준다. 미숙은 늘 우리 딸도 너만 할 때가 있었는데 말하고 나만 할 때는 뭘까 미숙의 손길에 꾸벅꾸벅 졸며 나나는 생각한다. 나나는 미숙의 딸이 되고 싶다. 그러나 그런 말을 해서는 안 되는 걸 알 만큼 나나는 영특하다. 슬픈 아이들은 모두 빨리 자라므로. 나나는 미숙과 있을 때 잘 웃지 않고 아니 그냥 나나는 잘 웃지 않는데 때때로 미숙은 나나를 가만히 바라보며 너는 쪼끄만 게 죽상이야? 말한다. 이 말을 할 때 미숙 역시 나나처럼 웃지 않는다. 나나가 죽상이 뭔데요? 물으면 그제야 미숙은 다시 웃으

며 너도 애다 애. 그러고서는 다시 작은 텔레비전에 나오
는 화난 여자들을 본다.

미숙의 미용실에 가면 나나는 늘 졸리고 조금은 슬픈
마음이 되는데 왜 그럴까. 지금의 나나는 아직 몰라. 그러
나 미래의 나나는 안다. 미숙에게는 늘 슬픈 일이 일어날
조짐이 조금씩 보여서 미숙에게 슬픈 일이 일어날까 봐
슬펐던 것이라는 걸. 미숙에게 정말 슬픈 일이 일어날까?
나는 그런 것은 쓰고 싶지 않아. 미숙이 나나를 바라볼 때
하는 생각은 잘 자랐으면 좋겠다 이 아이가 오래 모르는
것이 있으면 좋겠다 하는 것이고 그것은 잘되지는 않는
다. 그러나 지금의 나나를 바라보며 우리가 할 수 있는 생
각은 전부 미숙의 생각이고 나는 모르는 나나를 데리고
와 나나의 머리를 잘 빗어주고 예쁜 끈으로 묶어주고 싶
다. 때때로 미숙이 코에 비밀을 부치며 나나에게 믹스커
피를 타주듯이.

* 김언, 「이 시간의 친구들」, 『소설을 쓰자』, 민음사, 2009.

레몬 열차를 타고 떠나

나는 대개 불면한다 대개 불면하고 대개 꿈을 꾼다 꿈은 자주 이어지고 부서지고 그것은 포말 같고 그곳은 해변 같다 꿈은, 그래, 한여름의 바닷가 같다 그 꿈이 그 꿈 같다 꿈에서 나는 카페테리아에 가는데 그 꿈이 그 꿈이기에 그곳은 맥도날드이기도 하고 카페베네이기도 하다 아무래도 상관없다

하지만 나를 나라고 부르는 데에는 문제가 있다 꿈에서 나는 내가 아니니까 카페테리아가 맥도날드이거나 카페베네이듯이 나는 구겨진 캔이거나 밑이 눋은 냄비이다 나라는 호칭에는 너무 확실한 자아가 있다 그러므로 나는 나를 다르게 부르기로 한다 이를테면

나나는 잠들기 전 가장 기억에 남는 것을 꿈으로 꾼다 혜원과 싸웠을 때는 혜원의 꿈을 꿨지 최근 나나에게 가장 기억에 남는 꿈이라면 레몬 열차에 관한 것이고 꿈에서 나나는 일본에 간다 그곳이 일본이라는 것을 어떻게 알지? 혜원이 물으면 꿈에서는 다 알게 된다, 나나는 답한다

　나나는 일본에 간 나나이고 나나는 어느 상점에 들어가 찻잔을 본다 찻잔을 보고 가격을 보고 찻잔을 내려놓고 이 모든 것을 가능한 한 태연하게 한다 나나는 프랜차이즈 빵집도 구경하는데 빵집에는 일반적인 빵뿐만이 아니라 후르츠산도와 오니기리도 판매하고 나나는 역시 오니기리가 더 좋네 명란이 들어간 오니기리를 쟁반 위에 올리고 푸딩을 몇 번 집어 들었다가 고민 끝에 내려놓는다 나나가 내려놓은 푸딩은 밀크티푸딩으로 뒷맛이 씁쓸한 게 혼자 먹기에 잘 어울릴 것 같고 그렇지만 왠지 돈이 부족할 것 같고 아무리 꿈이라지만 잔액을 고민하며 상품을 내려놓는 것이 이상하다고 나나는 생각한다 때마침 주머니가 울리고 그것은 몇 해 전 헤어진 치치에게서 온 문자인데 그제야 나나는 이 여행을 치치와 함께 왔다는 것을 기억해낸다

　치치는 삼색의 털을 가진 치치로 그 털은 윤기 나고 부드러웠지 치치는 치치와 치치로 이루어져 있고 치치와 치치는 사이가 몹시 좋다 치치와 치치는 늘 둘이서 무언가를 속삭이고 킥킥거리고 나나가 치치들아 무슨 이야기를 하니 물으면 치치와 치치는 동시에 나나의 팔을 타고 올

라와 귓가에 속삭인다 그러나 나나에게 그 말들은 치치라
고밖에 들리지 않고 너희들은 정말 치치, 치치 말하는구
나 어느 하루 치치 치치는 치치가 되고 치치는 울고 있니
아니, 치치는 다른 치치의 곁을 빙글빙글 돌면서 어쩔 줄
을 모르고 있다 나나가 다른 치치의 몸을 만지자 치치는
이미 단단해졌구나 나나는 치치를 어깨에 올리고 다른 치
치에게 흙 이불을 덮어준다 치치가 오래 따뜻할 수 있도
록 그 뒤 치치는 더는 치치 치치 울지 않게 되었는데 여전
히 나나는 부른다 치치라고

부르는 치치에게서 온 나나 말씨의 문자를 나나는 힘주
어 읽는다

너는 먼저 돌아가 있어. 나는 난보쿠선에서 레몬 열차
로 갈아탈게.

꿈에서 깬 나나는 레몬 열차, 레몬 열차 중얼거리며 치
치의 횡단을 시로 써야겠다고 생각한다 왜냐하면 꿈에서
나나는 시인이었기 때문이다

계란후라이는 독립적인 메뉴가 아니다

나나는 계란후라이가 싫다. 나나는 정의한다. 계란후라이는 이색 고양이라고. 계란후라이는 꼭짓점이 두 개인 삼각형이라고. 계란후라이는 탑이 없는 정글짐이라고. 계란후라이는 꼭, 완벽하지가 않다고. 나나는 정의한다. 계란후라이는 독립적인 메뉴가 아니다.

오늘은 방과 후 수업에서 건담을 조립하는 날이고 나나는 건담을 조립하는 것은 싫지 않지만 건담을 조립하는 반에 남자애들이 많은 것은 싫다. 그러나 하하와 마마는 늘 부재중이므로 나나는 집에서 간식을 먹고 방과 후 수업에 간다. 나나는 한 입 남은 계란 흰자에 케첩을 잔뜩 묻혀 오물오물 먹는다. 먹는 내내 나나는 인상을 쓰고 있고 회색 구름이 넓게 퍼져 있는 것을 보며 나나는 우산을 챙겨야겠다 생각하지만 나나가 문을 열고 나갈 때 우산 같은 건 이미 잊힌 뒤다.

나나는 물을 몰고 다닌다.

나나가 학교에 가는 동안 나나의 여린 이마 위로 굵은

빗방울이 떨어진다. 나나는 두 손으로 차양을 만들어보지만 차양은 금세 허물어지네. 나나는 모르는 빌라 처마 밑에 선다. 딸기 문양이 새겨진 양말에 흙탕물이 튀는 것을 나나가 바라본다. 나나는 아끼는 양말 위에 씨처럼 뿌려진 흙 자국을 매만지며, 늘 이렇다고 생각한다. 늘 이렇지, 그럼 그렇지. 이것은 나나의 말버릇이고 나나는 몇 살이게. 맞혀봐. 그러나 중요한 것은 나나의 나이가 아니다. 중요한 것은 나나에게 마음이 있다는 사실, 그리고 나나가 지금 슬프다는 사실이다. 적어도 나나에게는.

비는 그칠 기미가 보이지 않고 나나는 가만히 쏟아지는 비를 본다. 지금 나나에게 가능한 것이 가만히 비를 보는 일뿐이기에. 나나는 방과 후 수업에 가 남자애들이 떠드는 것을 듣는 일과 낯선 처마 밑에서 떨어지는 비를 맞는 일 중 어느 쪽이 더 싫은지 고민한다. 그러나 둘 다 싫은 것은 아니라고, 나나는 생각한다. 싫지는 않지만 괴로운 일이야. 하하와 마마와 함께 먹어야 하는 저녁이 그렇듯이. 마마는 늘 나나가 간단히 먹을 수 있는 과자를 사다준다. 나나는 늘 하하와 마마가 오기 전에 과자를 다 먹기 위해 입을 크게 벌리고 하하와 마마는 나나가 과자를 다 먹고도 한참 뒤에야 온다. 주말에 나나는 하하 마마와 저녁을 먹고 그때 집은 고요하다. 나나의 몸에는 그 시간들이 있다. 나나는 시간과 함께 자라고 있다.

가끔 나나는 자신이 없는 집을 상상한다. 여전히 비는 예고 없이 내릴 것이고 하하와 마마의 시간은 고요하게 흐를 것이다. 나나가 스스로 없어지는 상상을 할 때마다 자라고 있다는 사실을 하하와 마마는 알까. 어떤 아이는 조용히 자라서 어른이 된 아이를 아무도 알아보지 못해. 나나는 처마 바깥으로 손을 뻗어 비가 닿게 한다. 차가운 물방울이 손을 타고 흐르는 것. 이것은 싫지도 괴롭지도 않다. 빗속에서 아이들이 흐려지는 동안

나나는 손이 깨끗해지고 있다고 믿는다.

미래 입기

　너는 한때 내가 입었던 살굿빛* 외투를 입고 있다 방금 내가 입힌 것이다 너는 누군데 벗고 있니? 내가 묻자 네가 고개를 양옆으로 젓는다 벗지 않았다는 거니 너도 모른다는 거니? 되물으면 네가 도리도리 고갯짓한다 내게는 소맷단이 짧은 외투가 네게는 흘러내려서 너는 시간을 입고 있는 것만 같다 긴소매를 입어도 소매 안쪽으로 닭살이 돋는 계절 나는 조용히 햇빛이 들어오는 옷장을 연다 맨살에 살굿빛 외투만 입고 서 있는 너를 애써 못 본 척하면서 네가 미래에 겪게 될 장면을 하나씩 뒤적인다 옷장을 아무리 뒤져도 네게 맞는 미래가 나오지 않고 마치 꿈에서처럼 영문을 모르고 계속 죽는 꿈에서처럼 미래가 보이지 않고 네게 맞는 미래가 무엇인지 점점 의문이 들어 너는 벌을 서는 것처럼 내가 세워둔 대로 가만히 내 곁에 서 있는데 너는 한때 내가 입었던 코트 깃에 고개를 파묻은 채 나를 바라보고

* "한때 내가 서랍에서 꺼내준 적 있는 살굿빛"(윤은성, 「봄 방학」, 『유리광장에서』, 빠마, 2024) 변용.

지민의 새장

　지민이 열쇠를 돌리면 침대에 잠자코 누워 있는 엄마가 보인다 최선을 다해 숨죽이는 엄마는 면사포에 감춰진 신부의 기분 같아 교복을 입은 지민이 엄마를 등지고 앉아 공책을 펼친다 페이지를 빠르게 넘기며 빈 페이지를 찾는 지민은 마음이 아파, 날아가는 것만 같아 내내 누워 있는 엄마는 홀씨 같고 지민은 결코 눈뜨는 법 없는 엄마의 면사포를 걷어내고 싶은 충동을 느낀다 지민이 종이에 힘주어 글자를 쓸수록 누워 있는 엄마의 속눈썹이 선명해진다 때때로 엄마는 벌떡 일어나 수돗물을 틀어놓은 화장실에서 나오지 않는다 손목을 감추며 나오는 엄마를 돌아보지 않지만 모를 수도 없는 나의 지민아, 엄마가 날아가 버릴까 두려운. 지민을 멀리서 지켜보던 내가 지민의 눈과 귀를 덮어줍니다 장성해 집에 혼자 누워 있는 지민에게 명치 위에 놓인 큰 돌을 내려놓을 수가 없는 지민에게 덩그러니 놓인 사물이 되지 말라고 나는 지민이 잠들어 있는 동안 커튼을 젖히고 닫힌 창문을 열고 티슈를 함부로 뽑아 바닥에 흘리고 도망가는 겁니다 지민이 다시 일어설 수 있을 때까지 센서 등 밑을 기웃거리는 겁니다 창밖으로는 올해의 꽃이 서성이다 지고 *너희를 다 구할 때*

까지 여기 있을게 손등으로 눈가를 비비며 깨어난 지민이
침대를 빠져나와 떨어진 물건을 하나씩 줍습니다 창틈 새
로 들어온 바람에 흩날리는 티슈 그것을 가만히 바라보던
지민이 방범창 사이로 마른 손을 넣어 동작을 풀어줍니다
새가 날아갑니다

중요한 게 그게 아니야

좋은 말로 할 때 다 내놔 말하면 어떤 사람은 정말로 지니고 있는 것을 다 내놓을지도 모른다 손에 쥐고 있지 않은 것까지도 윽박을 지르지 않아도 소리치지 않아도 손바닥을 쳐올리지 않아도

산책을 할 때는 풍경을 놓아주게 된다 나무 새 아스팔트 군데군데 없어진 벽돌 바닥 생각 않게 된다 그러다가 붙들린다 사람이 죽지 않은 땅이 없다는 것에

타 도시에서의 산책: 이 도시는 그렇지 운동으로 유명하지 마음으로 파다했던 곳이지 네가 말할 때의 운동은 검도 야구 축구 따위의 것이 아니라는 것을 나는 안다 그러니까 이 바닥에 얼마나 엎질러졌을지

어제는 사람이 죽었다 그는 일면식도 없는 사람에 의해 죽임당했고 식당 주인이 콩나물 대가리를 따고 있다 오늘도 사람이 죽고 내일도 죽을 예정 가진 것을 다 내놔 말하면 나는 정말 다 내어줄 텐데

사물함 검사를 마친 선생님은 말했지 몇 대만큼 잘못
했느냐고

캠프파이어

너는 빛을 믿는다 그것은 너의 가장 큰 특징이다

너는 빛을 믿고 너는 주머니가 많은 바지를 입고 있다

구겨진 지폐를 꺼낸다

건넨다

볼록한 검정 봉지를 들고 걷는다

골목과 골목

외지인은 지나가는 사람을 붙잡고 자신의 위치를 물어
보는 곳

그곳에는 골고루 빛이 쏟아진다

한낮의 빛은 아니고 저물기 직전의 빛

해가 지기 전의 빛은 쫙 편 손과 같아서

어지럽게 펼쳐진 골목과 골목을 모두 주무른다

더 빠르게 어두워지는

골목 그곳에는 공터가 있고 그곳에는

있다 부모 몰래 피우는 아이들이 부모를 모르는 아이들
이 말랑한 선홍빛 입속에서 나온 걸쭉한 침이

자두 한 알을 꺼내 주머니가 많은 바지에 문지른다

쌓여서 녹슨 철

걸터앉아

벌레 먹은 부분 살짝 베어 물어 뱉는다

붙인다

타오른다

여름의 불과 겨울의 불은 다르다 여름의 불은 무섭지가
않지 수연의 펄럭이던 치마처럼

타오른다
타오른다
타오른다

언제나 가까이서 들리는 환청

너희가 그 골목에서 본 군데군데 털이 벗겨진 우는 개
와 같이

이것은 확신이거나 재생
비유는 아니다

이름 없는 개

이름 없는 개 하나를 키운다 이름 없는 개는 허공에 목을 감고 있다 이름 없는 개는 이름 없는 개라서 돌아보면 항상 긴장하고 있는 이름 없는 개 이름 없는 개는 내가 기침만 해도 달려온다 발을 질질 끌면서 오는 이름 없는 개는 컵에 물을 따라도 오고 컵을 깨도 발을 질질 끌면서 유리 위에 선다 이름 없는 개는 모든 것이 이름이라서 개집에서 개를 안고 개랑 산다 이름 없는 개는 밤이 내쉬는 숨에도 컹컹 짖었지 짖으며 창호지 밖으로 달려 나갔지 우리 집에 놀러 온 아무개가 문 두드리며 내 이름 부를 때 이름 없는 개는 벼랑 끝에서 문을 긁었다 문이 침묵할 때까지 문 앞에 서 있는 이름 없는 개를 부르기 위해서 나는 여러 번 숨을 바꾸어 쉬어야 했지 개는 그럼 다시 온 바닥을 질질 끌면서 내게 오고 이름 없는 개는 사사건건 이름에 간섭하는데 정작 내가 이름 없는 개야 부르면 개는 부서지고 없다 이름 없는 개야 이름 없는 개야 부르면 저 멀리 허공에서부터 달려오는 내가 컹컹 짖는다 나는 이름 없는 개가 무섭다

더 좋은 기회

나나는 원도심을 걷는다 동문타워를 지나 세탁소와 세 븐일레븐을 지나 요거프레소와 개 샴푸 냄새가 나는 애견 미용 숍을 지나 물이 나오지 않는 분수대와 무인 아이스크림 판매점을 지나 폐업한 떡볶이 가게를 지나 언제나 2층 혹은 지하에 있는 노래 연습장을 지나 영업장을 옮긴 새마을금고를 지나 테이프로 막힌 정거장을 지나 마당에 묶인 개를 지나 이번 역을 지나 다음 역과 개통 예정 지역을 지나 더 좋은 기회가 있는 미래를 지나

나나는 원도심을 걷고 있다

사람이 하나둘 빠지는 재개발구역을 지나 어디선가 들리는 짐승 우는 소리를 지나 오른쪽에서 왼쪽으로 빠르게 도망가는 고양이를 지나 언제부터 고여 있었는지 모를 웅덩이를 지나

나나의 보폭은 넓고 제자리이다

나나가 걷는 것을 한 번만 본 사람은 없다 나나는 매일

걷기에 나나를 마주치면 어른들은 나나를 불러 세우고 나
나의 주머니에는 늘 스카치캔디가 홍삼캔디가 쥬시후레
쉬 껍데기가 굴러다닌다 나나는 그것들과 함께 걷는다 나
나의 머리는 쓰다듬기에 좋아 어른들은 두꺼운 손으로 나
나의 머리통을 훔치고 나나는 멀리 가는 사람들과 제자리
에 놓인 모든 것을 이해한다 그러나 나나는 자주 이해받
지 못하고 제자리멀리뛰기를 하듯이

　계속되는 원도심

　미래는 철근만 세워진 채 공사 중단 된 아파트 같고 피
부가 없는 뼈 같고 없는 개를 애도하는 목줄 같고 나나가
타는 버스로는 갈 수 없는데

　좋은 건 다 멀리에 다음에 미래에 있다고

　나나는 이곳과 저곳을 가늠한다

　모두 한 뼘 정도이고
　가뿐히 한 뼘을 초과하는

스포츠센터

수연은 이름이 필요하다고 했다

이름이?

수연은 고개를 끄덕이며 내게 손을 내민다 수연은 그런
다 잔돈을 달라는 듯이 오래된 연인이 상대방의 주머니에
서 손을 꺼내 잡듯이

주면 뭐 하려고?

내가 묻자 수연은 캐비닛이 필요하다고 했다 마치 물속
에 있는 것 같다고 그럴 바에 차라리 잠기고 싶은데 캐비
닛이 없다고 나 어쩌지

넌 작년에 죽었잖아 말하지 않았다 대신에

수영복은? 물었고 수연은 헌 옷 수거함에서 주웠다고
했다

팔꿈치 아래로 살짝 휜 수연의 손은 하얗고 말랐다 나
는 왼쪽 가슴에서 명찰을 떼어내 수연의 손에 얹는다

락스 냄새가 나는 물 위로 두둥실 명찰이 떠오르고

이름은 이렇게나 가벼워
끝에서 끝까지 무리 없이 왕복한다

불투명한 내가 통유리 너머로 수연을 지켜보는 동안
이름을 돌려줄지 말지 수연은 고민하는 듯하다

스포츠센터

　내가 보도를 밟을 때 하늘이 나를 따라왔다 사건은 이
렇게 시작된다

　내가 반대편으로 건너오자 구름의 이동속도가 빨라진
다 사건은 이렇게 확장된다

　내가 건너편에서 한 발짝 떼자 간발의 차로 오토바이가
지나간다 사건은 이렇게 고조된다

　내가 주저앉자 한 손에 양산을 다른 손에 장바구니를
든 아주머니가 뛰어온다 등이 바람의 모양을 기억한다

　내가 일어서자 하늘이 더 높이 선다 사건은 이렇게 일
축된다

　내가 무심히 아파트 단지로 들어서자 구름이 제자리에
돌아간다
　사건은 이렇게 종료된다

휴대전화를 들어 세 통의 부재중 전화를 남긴다 그리고
두 번의 갸우뚱

소파에 털썩 주저앉아 채널을 넘긴다 수많은 트랙이 나
를 향해 열려 있는

하늘은 대체로 맑은 것 같은데, 10% 정도는 구름이 끼
어 있다*

* "하늘은 대체로 맑은 것 같은데, 10% 정도는 구름이 끼어있었다"
(panpanya, 『침어』, 미우, 2020, p. 215) 변용.

스포츠센터

수연은 착하거나 상냥하진 않지만
구급차가 지나가면 마음속으로 기도하는 미덕을 갖고
있다

마음을 감고 마음을 모아
소리가 귀를 놓아줄 때까지 수연은 기도한다

‘아무 일 없게 해주세요’

그 모든 것을 무표정으로 수연은 한다

슬픈 생각에 잠겨 있다가도
누군가를 주먹으로 후리는 생각을 하다가도

사이렌 소리가 들리면 수연은 기도한다

‘아무 일도 없게 해주세요’

딱 한 번 수연은 자신을 위해 기도하는데

그 모든 것을 구름의 이동속도로 했고

지금 수연은 움직이는 자신의 몸을 따라 출렁이는 수면
을 보고 있다

물이 수연의 모든 동선을 추적한다
표정 없이

가느다란 팔뚝에 달라붙은 머리카락 한 올
징그러워

수연은 더는 기도하지 않는다 대신

수연은 천진난만하게 헤엄한다

첨벙
첨벙

수연은 몇 번이고 위기에서 빠져나온다

접시 되살리기

1

접시 하나를 상상하자 아이들이 뛰어 들어온다. 그러므로 이곳은 박물관인가? 뛰어온 아이가 너덧은 돼 보인다 산만하지만 예의 바른 아이들. 큰 소리로 인사한다 안녕하세요? 나는 대답 대신 이름이 뭐니? 묻고 저는 승희요 저는 민주요 저는 수연이요 저는 은수요 저는 성우요 이름을 다 듣고 나는 한 아이를 지긋이 쳐다보았는데 그건 아이의 이름이 내 슬픔을 건드렸기 때문이다 그러나 금방 어떤 아이가 어떤 이름이었는지 까먹는다 여름에 발그레한 볼을 가진 아이들은 구분하기 어려우므로 그러니까 얘들아

너희 조심해야 한다 접시가 깨지지 않게 해야 한다 하는 순간 접시는 깨진다 흰 접시 이 방 한가운데 놓인 접시 모든 조명을 한 몸에 받는 접시 우리 박물관의 유일무이한 접시 평평해서 주말 토스트를 올리기에 적당하고 딸기 잼 블루베리잼 필라델피아 크림치즈의 맛을 아는 접시 그러나 어떠한 용도로도 사용된 적 없는 흰 접시가

산산조각이 난다 이것 봐 내가 조심하랬지! 화를 내면 아이들은 벽과 구분되지 않는 흰 얼굴이 되네? 벽에 딱 붙

게 되네? 아이들은 웅성인다 잘 들어보면 죄송하다는 말이
다 쭈그려 앉아 깨진 접시 조각을 하나씩 줍는다 안녕 나
의 흘러내리는 잼 안녕 나의 가능했던 주말 아침 안녕 나
의 유일무이…… 아이들은 어느새 접시 주변에 모여 있다

2

　빗자루가 필요한데 생각하니 창고가 있었다 빗자루를
들고 돌아오니 아이들은 정말 다섯이서 빼곡한 원이구나
위험해. 저리 가, 말하면 아이들은 잠깐 깨졌다가 금방 모
여든다 어디서 시작되었는지 유리 부스러기는 끝도 없이
나오네 저리 가, 말하면 몰려드는 애들에게 그런데 너희
　왜 전부 맨발이니?
　한참을 이상하다 이상하다 중얼거리는데 한 아이가 저
희가 물어드릴게요 말한다 무엇을? 말한 애의 얼굴을 쳐
다보는데 저 애의 얼굴은 대장 같네 방금 한 말로 인해 너
는 이제 대장 같은 얼굴을 갖게 되었구나 속으로 생각하
면 아이는 먼저 가서 웃고 있다

3

대장의 구호 아래 아이들이 한 줄로 섰다

대장은 가운데에 붉은 깃털이 박힌 유리구슬 두 개를
줄 테니 접시 한 조각과 맞바꾸자고 했다 이건 지난여름
에 지구 반대편에서 가져온 인어의 눈물이에요 그러자 다
른 아이들도

이름이 반쯤 지워진 축구공과

필통 깊숙한 곳에 숨겨둔 쪽지와

좋아하는 애니메이션이 방영되는 저녁 다섯 시를 내게
건네고

접시 조각을 얻은 아이들은 온전한 접시가 되어 박물관
을 빠져나갔다 주머니 깊숙한 곳의 먼지를 뒤적이는 아이
에게도 접시 한 조각을 주어야 하는데

너는 이름이 뭐니

성우요

성우는 뭘 들려줄 수 있니?

쟤네가 다 말해서 저는 드릴 게 없어요

난처해하면 성우는 어느새 아까보다 창백해진 얼굴로

그럼 저는 저기서 기다릴게요 말하고 성우가 가리킨 곳은
성우의 손끝에서 뻗어 나온 기둥이다 상아색으로 페인트
칠된 기둥은 빛이 잘 드는 곳에 있진 않지만 깨끗하고 보
송한 느낌을 줘

성우는 종종 기둥에 머리를 기댄 채 나를 훔쳐봤다

4

잊을 만하면 성우의 발밑에서 자꾸 유리 부스러기가 나
왔다 여기는 정말 꿈에서 들른 모래사장 같아 나는 맨발
의 성우가 다칠까 봐 바닥을 쓸고 또 쓰는데 아무리 쓸어
도 다 끌어안을 수 없어서

성우를 중앙으로 밀어넣을 수밖에 없었다 전시품이 없는
박물관에 서 있는 성우는 날이 갈수록 마르고 평평해지고
성우를 돌려보내려면 하나의 이야기가 꼭 필요했는데.

덧붙일 조각이 없었다
진열된 시간이 길어질수록 파리해지는

성우의 두 발을 오래 들여다보고 있으면
빛의 모서리를
쥐고 있는 것만 같았다.

한 뼘의 미래

홍성희
(문학평론가)

사각(四角)

마음 안에 생기는 금기가 있다. 횡단보도 흰 선 밟지 않기. 붉은색으로 사람 이름 쓰지 않기. 엘리베이터 거울 속의 거울 열세번째까지 세지 않기. 흔히 미신, 흐릿한 '믿음'이라 불리는 것들이다. 하지만 검은 아스팔트만 골라 딛으려 발끝을 세우거나 무심코 글씨 쓰던 손을 멈추게 하는 것은 믿음이기보다는 '두려움'이다. 미신은 누군가를 잃을지 모른다는 항시적인 불안을 다만 돋올하게 한다. 과거의 크고 작은 혹은 아직 과거인 적 없는 상실은 일상에서 금기의 형식으로 재생된다.

구윤재의 시에는 잃어버림으로 인하여 금지된 창문이 있다. "어느 날 녹아버려 창틀이 되어버린 그리하여 나로 하여금 열 수 있는 창문을 앗아 가버린" 무언가는 "삼색 고양이"(「흔들려 움직이는」)로, 그가 볕을 쬐는 동안 열 수 없던 창문은 창틀에 누운 몸이 사라진 후에도 열 수 없는 것으로 남는다. 마음은 그런 금기로 잃어버린 것을 잃어버리지 않은 듯 지키고 잃어버림 자체를 거듭 상기하는 방식으로 맴돈다. 습관처럼 가슴이 내려앉는 매일의 시간. 구윤재의 시를 채우는, 서로 같거나 다른 이름으로 만나고 어긋나는 아이들의 "몸에는 그 시간들이 있다"(「계란후라이는 독립적인 메뉴가 아니다」).

우리는 우리가 딛고 있는 네모를 하나의 방이라고 생각했다. 저마다의 알 수 없는 방이 되는 정사각의 공간에서 우리는 아주 많은 방을 불러올 수 있었다. 민주의 사각형은 남동생 없이 인형으로 가득한 방, 승희는 일년 내내 여름방학인 방, 승희의 방에는 여름에 잡은 곤충을 박제한 전시대가 있었지. 성우는 반장 임기가 끝나지 않는 5학년 3반을 만들었어. 성우는 늘 칠판에 무언가를 혼자 쓰다가 다른 친구들이 다가오면 서둘러 지우고는 했지. 지민이 너는? 성우가 물었을 때 지민이는 아무 말도 하지 않았어. 지민이는 정글짐을 오가며 여러 방을 만들었어. 아무도 자라지 않고 누구도 떠나지 않아도 되는 집을. 집으로 돌아갈 필요가 없는 집을.

―「정글짐」부분

아이들은 "사각형"으로 이루어진 "정글짐"의 정육면체 "허공을" 방으로 삼아 잃기 싫은 것들이 "박제"된 상상의 공간을 만든다. 아이들이 방 안에 담아 지키려는 것은 "인형" "여름방학", 채집한 "곤충" 그리고 "5학년 3반"과 "반장" 자리 같은 선명한 대상이면서 본질적으로는 자기만의 공간, 자유, 기쁨, 자신감 같은 것이다. 전자를 위해서는 찰나를 붙잡아 늘려야 한다면 후자를 위해서는 시간 전체를 점유하여 원하는 대로 통제할 수 있는 미래가 필요하다. 그런 점에서 둘 사이에는 시간의 낙차가 있다. 이 차이는 '민주' '승희' '성우'에게는 중요하지 않지만, '지민'에게는 중요하다. 다른 아이들이 "허공"의 방을 가뿐히 버리고 집으로 돌아갈 때 지민은 친구들이 떠난 방까지 "끌어안"은 채로 "정글짐"에 혼자 남아 모든 것을 지키기 때문이다.

"아이들이 하나씩 집으로 돌아가는 오후가 찾아오는 것을 말릴 수가 없듯이 해가 지면 혼자가 되어버린다는 것을" "그 어떤 미래보다도 먼저 알아 눈물이 날 것 같을 때"(「나나에서 나나에게」) 아이는 상상의 방을 넘어 상상의 집, '성'에 담아 지킬 것을 친구들 대신 친구들이 만든 상상의 방들로 정한다. 친구들은 떠나지만 상상의 방들은 떠나지 않으므로, 그 안에 "가상의" 친구들을 대신 채워 넣을 수 있기 때문이다. 자신만 아는 "허공"의 "성 안에서 귀를 막고 있"다가 "가상의" 친구들과 함께일 때에야 "정글짐을 돌고 또 돌면서” “모험”하는 지민은, 매일같이 오후를 데려오는 시간에 지배받는 대신 “정글짐”의 “사각형”들을 모은다. “박제”(「정글짐」)를 위한 액자와 유리로 이루어진 미술관, 박물관처럼 시간을 지배하는 공간을 만들고 그곳을 집으로 삼는다. 가상의 “아이들이 너의 이불을 고쳐 덮어주고 너의 가르마를 정갈하게 내어주고 손톱과 발톱을 깎아주고 오래 자장가를 불러주”(「그 아이들을 우연히 만났다고 하자」)는 곳에서 그가 지키려는 것은 모두가 떠난 자리에 “덩그러니 놓인 사물이 되지 말라”(「지민의 새장」)는 주문, 금기를 지킴으로써 잃어버린 것을 잃어버리지 않는 마음의 방법이다.

사각(死角)

그러나 끝나지 않는 지민의 네모난 성 밖에는 “주인을 알 수 없는 실내화 주머니가 남아 있”다. 아이들이 하나씩 “실내화 주머니를 휘두르며” 돌아간 뒤 남겨진 “실내화 주머니”(「정글짐」)는 “덩그러니 놓인 사물”(「지민의 새장」)의 모습으로 홀로 남은 저녁 운동장의 풍경에 지민을 되돌려놓는다. 지민의 상상은 사각형 틀 안에서 견고하고 안전하지만, 이를 조금만 벗어나면 쉬이 깨어지고 흩어진다. 구윤재의 시는 다 자란 눈으로 아이의 사각형을 바라보는 이름을 더함으로써 사각형의 사각지대를 드러내고 시차(時差)와 시차(視差)를 겹친다. 이를테면 「겨울은 양쪽에서 온다」에서 "왼쪽의 아이들과 오른쪽의 아이들이 가까워졌다가 다시 화면 바깥으로 사라지는 동안 이쪽과 저쪽으로 시소가 갸우뚱거리는 아름다운 겨울이 나오는 영화를" 보면서 "저 아이들은 어떻게 자랐을까"를 묻고, "롱 테이크" 촬영 중 울음을 터뜨렸다는 아이와 화면 밖 더러워진 "휜의" 풍경을 재차 가늠하듯 말이다.

영화 화면 속 아이들은 반짝이는 얼굴로 "휜을 뭉"쳐 마냥 아름다운 장면을 만들지만, '나'는 아이들이 유쾌하게 허공을 가르며 그 아름다움을 다만 으깨거나 부수고 있다는 사실을 생각한다. 가상의 장면은 즐겁고 포근해 보이지만 사각형 안에서 연출되는 온기는 현장의 아이들에게도 후에 영화를 보는 '너'와 '나'에게도 각자의 추위와 슬픔을 잊도록 하는 무엇이 되지 못한다는 것이 '나'에게는 중요하다. "차가운 공기가 냄새의 전부인 곳"(「당신이 당신에 대해서 모르는 것」)과 그 한기에 대하여 '너'는 "그런 것은 중요하지 않다고" 말하며 어린 시절의 장면을 끌어안지만, '나'에게 그런 추억은 실제 몸이 느끼는 감각으로부터 도망치는 또 다른 화면으로 여겨진다. '나'는 "너의 휜을"(「겨울은 양쪽에서 온다」) 빌려 자신의 시린 발을 덮어보기도 하지만, 그것은 플라스틱과 페인트로 만들어진 "모델 빌리지" 혹은 "바늘 가까이에 놓인 풍선"처럼 허공을 "붕붕 떠다니다가 순식간에 터져버릴 것만 같"(「모델 빌리지」)이 허술하고 아슬하다. "덩그러니 놓인 사물이 되지" 않기 위해 만드는 행복한 사각형들 혹은 허공들은 아름다움의 방식으로 외려 "덩그러니 놓"(「지민의 새장」)여버리는 가짜 아이스크림 같다. "결코 그것일 수 없"음으로 인하여 "다 녹을 때까지 방치"(「모델 빌리지」)되는 사물 말이다.

> 계속해서 반복되는 장면들이 있어 그것을 상영한다고 말할 수도 있어 그것이 상영된다고 말할 수도 있어 그렇지만 이렇게 말해볼 수도 있다 아무도 동전을 넣지 않는 뽑기 기계 아무도 끌지 않는 쇼핑 카트 쓸모를 잃은 사물들은 쓸모없이 그 자리에
>
> 성씨를 모르겠는 이름들
>
> —「다녀왔어」 부분

사각 스크린 속에서 반복되는 장면이 사물처럼 여겨질 때, 그 물성으로부터 '나'는 "쓸모"에 대한 상실감을 느낀다. 아름다운 장면을 반복해서 상영하는 일을 무언가를 담거나 꺼내는 용도의 "쇼핑 카트"나 "뽑기 기계"를 사용하는 일로 바꾸어 말할 때, 아름다운 장면들은 그것을 만들고 상영하고 관람하는 사람에게마저 아무도 쓰지 않는

도구처럼 '쓰임'이 없는 것으로 전제된다. 혼자 남겨지는 운동장, "엄마가 날아가버릴까 두려운"(「지민의 새장」) 매일, "오늘도 사람이 죽고 내일도 죽을 예정"(「중요한 게 그게 아니야」)인 세계에서 스크린에 눈을 고정해두는 방법은 어쩌면 "돌아보지 않지만 모를 수도 없는"(「지민의 새장」) 등 뒤를 보지 말라는 금기로 허술하고 아슬하게 두려움을 견디는 것이다. 환상의 성을 만드는 마음과 그것의 고립을 보는 마음이 중첩하는 상실의 자리에는 내내 제각각 남겨져 "성씨를 모르겠는 이름들"이 있다. 순식간에 깨어질 만큼 취약한 방식으로나마 혼자의 시간을 견디는 이들이 있다는 사실은 지워지거나 사라지지 않고, '나'는 그 이름들을 "비명에 가까운 이명"(「다녀왔어」)으로 듣는다.

　바로 그 사실의 자리에서 구윤재의 시는 "잃어버린 것이 있다는 공통만으로 손쉽게 우리가 된 우리"(「잔의 형상」)의 장소를 새로 구상한다. 이름을 잃은 '수연'과 수연을 잃은 '나'(「스포츠센터」, p. 136), 키가 자라도록 긴 시간을 지나 서로를 찾아 헤매는 '은수'와 '지민'(「모래밭의 나쁜 아이에게」), "늘 슬픈 일이 일어날 조짐이 조금씩 보"이는 '미숙'과 '나나'(「재앙으로 시작해서 재앙으로 끝나는 영화」)처럼, 각자의 상실 뒤에 남겨진 이들의 이름을 한곳에 담아 '스포츠센터' '모래밭' '미용실' 같은 공간을 만든다. 그 공간에서 장면들은 정글짐의 사각형들과는 달리, 한 사람이 시공간을 완전하고 아름답게 통제하는 방식으로 연결되지 않는다. 미숙과 나나의 미용실은 그들이 함께 있는 '지금'과 그 장면을 그리는 '지금'이 매끄럽지 않게 겹치는 방식으로 구성되고, 은수와 지민은 모래밭에서 서로의 어린 시절을 만나지만 '같은' 시절로 만나지는 못하며, 수연과 '나'의 이름은 더불어 수영하지만 이름을 빌려준 '나'는 통유리 너머에 단절되어 있다. 잠깐의 "시차가 있으므로" "사건이 되지 않"은 채 지나치는 나나와 수연의 "육교"(「무조음악」)처럼, 장면은 제각각 뒤돌아보는 이름들을 어긋난 채로 함께 있게, 홀로 사라지지 않게 하는 기능을 수행할 뿐이다. 이는 공간을 만들고 이름을 부르는 시의 언어가 때로 다만 그러한 역할로서 씌어짐을 의미하기도 한다.

[……] 그러나 은수는 홀연히 사라지지 않았다 내가 여기에 있다

전단지가 해질수록 은수를 잃어버렸다는 것이 분명해진다

나는 실종 상태로부터 은수를 꺼내오기 위해 전단지를 붙인다

전단지는 찾기 위해서가 아니라 잃어버림을 공표하

기 위해 필요하다

—「잠정 진리」부분

"나는 실종 상태로부터 은수를 꺼내 오기 위해 전단지를 붙인다"라는 문장에서 '꺼내기'는 최종적인 '찾기'를 의미하지 않는다. 어떤 사각형 안팎에서도 상실은 회복되지 않고, 회복되지 않는 것으로서 반복되며, 그 반복의 방식으로 과거와 미래는 겹쳐 있다. 구윤재의 시에서 시도되는 꺼내기란 그 구부러진 시간을 펴는 일이라기보다 시간 속에서 은수라는 이름을 움직이게 만들기, 사물이 되지 않게 만들기에 가깝다. 시간의 지배를 받으며 낡아가는 사각의 "전단지"에 갇혀, 사라진 시간을 뭉쳐 말하는 '실종'이라는 단어 아래 유폐되어버리지 않도록 "방치된 정거장에 전단지를 붙이는 사람"(「다녀왔어」)이 되어 전단지 속 이름도 사각을 게시하는 장면도 고립되지 않게 하는 것. "전부 하얀 이곳에서 어떻게 티피를 데리고 나갈 수 있을까"(「티피」) 물으며 움직임을 만드는 언어로서 구윤재의 시는 이름들을 불러들인 장소를 몇 가지의 금기로 견고하게 보존하는 대신, 시의 프레임을 만듦과 동시에 그것에 시차를 새겨넣음으로써 금지된 적 없는 금기를 깨는 장소로 재구성한다.

잃어버린 마음의 무게가 몸에 새겨져 있는 이름들의 세계에서 미래는 종종 "상상할 수가 없는 게 아무렇지 않아서 슬”(「목욕」)픈 대상이 된다. “여기에 있는 아이의 과거를 내가 알고 있기 때문에 나는 아이의 미래까지 알 수 있”(「ETA」)고, ‘나’ 스스로가 “나나의 한 갈래 미래로서”(「나나에서 나나에게」) “생각만으로도 어제에 가까워지는 내일”(「목욕」)을 실감하기 때문이다. 그러나 사건처럼 혹은 기억처럼 금기와 상상의 방식으로 반복되는 상실로 인해 미래를 다 보아버린 것 같은 ‘나’는 과거와 겹쳐 있는 미래의 견고함에 “벽과 구분되지 않는 흰 얼굴”(「접시 되살리기」)로 깃드는 대신, 때로 “커튼을 젖히고 닫힌 창문을 열고 티슈를 함부로 뽑아 바닥에 흘리”(「지민의 새장」)는 방식으로 사각의 방 모서리를 연다. 굳은 창의 프레임을 움직여 허공을 만들기도, “방범창을”(「지민의 하루」) 가로지르는 바람을 들여 공간으로 하여금 숨 쉬도록 하기도 하면서 말이다.

“미술관”은 “오르내리는 거인의 숨”(「미술관에 가면」)으로, “알 수 없는 시간대의 물이 천장에서 사람들의 머리 위로 떨어”지는 “동굴은” “숨을 들이쉬고 내”쉬는 “심해 생물의 몸”(「미래의 빛」)으로 생동한다고 보면서, 구윤재의 시는 그 움직임 안에서 “숨을 들이쉬고 내쉬는 강아지의 하얀 배처럼”(「팽오레쟁 팔미에 쇼송오폼」) “아이의 배는 언제나 무덤보다 볼록해”(「ETA」)질 수 있다고 주문처럼 말한다. ‘나’가 준 옷을 당연한 듯 입고 있는 “네가 미래에 겪게 될 장면을 하나씩 뒤적”여도 ‘나’가 안다고 생각한 미래, "네게 맞는 미래가 나오지 않"(「미래 입기」)는 허방이 문득 아이들의 새로운 미래가 될 수도 있다. 그것이 구윤재의 시가 "당신에게 아름다운 장면을 배달할" 수 없는 슬픔 속에서도 "내일 만나요"라고 "다른 방식으로 말하"(「당신이 당신에 대해서 모르는 것」)는 방법이다. 그 견고하지 않은 약속의 모습으로, '유리새'라는 투명한 이름과 공간과 장면이 나타난다.

　　유리가 고꾸라진다

　　유리가 넘쳐흐른다

　　유리가 알갱이가 되어 모래가 된다 바람이 불 때마다 유리가 내 볼에 입술에 머리카락에 생채기를 낸다

　　누군가가 내 머리를 쓰다듬을라치면 나는 까무러친다 머리카락이 바람의 칼로 난도질되어 한 가닥씩 나부낀다는 것을 누군가가 모른다 누군가가 피 맺힌 자신의 손을 믿을 수 없다는 표정으로 나를 바라본다 누군가가 머리에 맺힌 유리가 아니라 유리를 달고 다니는 나를 탓한다

　　누가 유리에 물을 담아 유리를 꼼짝없이 갇히게 했

을까

—「유리새」(p. 33) 부분

'유리'는 빛을 반사하거나 투과시키는 투명한 물질이기도, 안에 물을 담을 수 있도록 오목한 모양을 갖추는 사물이기도, "새의 이름이"(「유리새」, p. 28)기도 하다. "유리새는 벤치에 앉아/햇빛을 받아 반짝이고 툭, 건드리면 찰랑"이면서, 나타나는 순간 물성과 내용과 이름을 동시에 갖는다. 우연히 발견되는 대상이 아니라 "가만히 보고 있으면 찾아"와 그 시선 끝에 "가만히 고"(「유리새」, p. 21)이는 이 새를 움직이기 위해서는 그 투명하고 오목한 형체가 "고꾸라"져 깨어지고, 그 안에 담긴 물이 "넘쳐흐"르고, 모래 "알갱이"들이 녹아 만들어진 '유리'에서 다시 모래알'들'로 그 이름이 복수화되어야 한다. 이는 역으로 "유리새"가 찾아오게 만드는 가만한 시선 자체를 "고꾸라"뜨리고 "넘쳐흐"(「유리새」, p. 33)르게 하면서 복수화하는 일을 의미한다. 그것을 한 손에 담으려는 오목한 손에 생채기를 내면서 말이다.

무언가를 담고자 하는 마음은 "접시 하나를 상상하"는 것만으로 아이들을 불러들인다. 하지만 동시에, "너희 조심해야 한다 접시가 깨지지 않게 해야 한다 하는 순간 접시는" 저절로 깨어져버린다. 담음으로써 지키려는 마음 곁에서 외려 "깨진 접시 조각"들을 아이들에게 돌려줄 때,

158

아이들이 어느 접시에도 담길 수 없는 각자의 "온전한 접시가 되어 박물관을 빠져나"(「접시 되살리기」)가는 허방을 그려볼 때, 이름을 부르되 소유하지 않고 가시화하되 진열하거나 전시하지 않으면서 어떤 방식으로도 사물화하지 않으려는 마음은 거듭 가능해진다. 그 마음은 아이들에 대한, 타인에 대한 윤리이지만 그들을 바라보고 부르고 그리는 '나'를 향한 것이기도 하다.

사각(斜角)

구윤재 시의 슬픔은 누군가를 담거나 담지 않으려는 간곡한 마음과 더불어 누군가에게 담기거나 담기지 않는 외로움과도 가까이 닿아 있다. 어떤 장면이 반복해서 재생될 때 그것이 "붕붕 떠다니다가 순식간에 터져버릴 것만 같다고" 느끼는 불안과 불신은 기실 그처럼 "텅 비어서 아름다울 수 있는" 것, "그런 것들의 일부가 되고 싶"(「모델 빌리지」)은 마음과 무관하지 않다. 예컨대 '나'가 "가장 완벽한 환영을 갖고 싶어" 스스로 "원목" 가족과 "원목"(「원목 연습」) 집을 만들어내면 나무는 이내 썩고 속이 텅 비어버린다. "하하와 마마는 늘 부재중"인 집의 적막 속에서 나나는 혼자 먹는 "계란후라이가" "완벽하지가 않다고", 3이라는 완벽한 숫자를 이루지 못한다고 "정의"하는데 그

이유를 "하하와 마마가" 아닌 나나 자신이 부재하기 때문으로 생각한다. 나나는 세 사람의 완벽한 가족 안에 포함되어본 적이 없고, "꼭짓점이 두 개인 삼각형" "탑이 없는 정글짐"(「계란후라이는 독립적인 메뉴가 아니다」)에도 속하지 않는다. 나나가 원하는 장면은 그에게 주어지지 않고 어떤 장면에서든 부재 상태에 유폐되는 가운데, 나나는 가진 것을 잃어버리는 상실감이 아니라 가진 적 없는 것을 잃어버렸다고 여기는 박탈감의 방식으로 무수한 이름의 외로움과 고립과 희망에 이입한다. 나나가 타인에게 보내는 시선은 외려 "기둥에 머리를 기댄 채 나를 훔쳐"(「접시 되살리기」)보거나 "곁가지로 보기 시작"(「사진을 보는 법」)하는 누군가에 의해 그에게로 되돌아온다.

그 시선 끝에서 구윤재의 시가 부르는 이름들은 "모든 일에 좌절할 준비가" 된 채 "텅 빈 자판기에 동전을 넣는 사람"으로 산재한다. 채워진 것이 없어 나올 것도 없는 "자판기에"서 "동전"은 "텅 빈" 길을 요란하게 굴러 쨍그랑 소리를 내며 떨어진다. "쓸모없이" 놓여 있는 "자판기"는 내부를 구르는 "동전" 소리로 짧은 시간 생생해지고, 반환구 바닥에 부딪는 "동전" 소리를 통해 모양이 그대로인 채로도 찰나의 깨어짐을 겪는다. 가진 적 있거나 없는 것을 잃어버린 기분 속에서 이름들에게 필요한 것은 그 "동전"(「다녀왔어」) 같은 둥긂이다. 굴리거나 던지거나 주고받으면서 움직임을 만들 수 있는 작고 단순한 매개물. "투명을 산산조각"(「유리새」, p. 47) 내는 소리 없는 질감을 위하여 이름들은 "앞에 있는 공"을 눈으로, 몸으로, 마음으로 내내 따라간다. 이때 "공"(「모래밭의 나쁜 아이에게」)이란 그 자체로 허공을 감싼 외피, '비어 있음[空]'의 한 모양이다. 이름들은 빈자리를, 그것을 견디는 기분을 공처럼 쥐고 던지면서 '종결'되지 않는 상실을 일상처럼 돌본다.

이름 없는 개 하나를 키운다 이름 없는 개는 허공에 목을 감고 있다 이름 없는 개는 이름 없는 개라서 돌아보면 항상 긴장하고 있는 이름 없는 개 이름 없는 개는 내가 기침만 해도 달려온다 발을 질질 끌면서 오는 이름 없는 개는 컵에 물을 따라도 오고 컵을 깨도 발을 질질 끌면서 유리 위에 선다 이름 없는 개는 모든 것이 이름이라서 개집에서 개를 안고 개랑 산다 이름 없는 개는 밤이 내쉬는 숨에도 컹컹 짖었지 짖으며 창호지 밖으로 달려 나갔지 우리 집에 놀러 온 아무개가 문 두드리며 내 이름 부를 때 이름 없는 개는 벼랑 끝에서 문을 긁었다 문이 침묵할 때까지 문 앞에 서 있는 이름 없는 개를 부르기 위해서 나는 여러 번 숨을 바꾸어 쉬어야 했지 개는 그럼 다시 온 바닥을 질질 끌면서 내게 오고 이름 없는 개는 사사건건 이름에 간섭하는데 정작 내가 이름 없는 개야 부르면 개는 부서지고 없다 이름 없는

개야 이름 없는 개야 부르면 저 멀리 허공에서부터 달
려오는 내가 컹컹 짖는다 나는 이름 없는 개가 무섭다
—「이름 없는 개」 전문

"컵에 물을 따라도 오고 컵을 깨도 발을 질질 끌면서 유
리 위에" 서는 "이름 없는 개는" 물을 담고 또 스스로 깨
어지기도 하는 '유리새'를 떠올리게 하는 동시에 '그러거
나 말거나' 달려오는, 유리새와 무관한 무엇으로도 보인
다. 또 한편 "이름 없는 개는 모든 것이 이름이라서 개집
에서 개를 안고 개랑" 사는 '나'의 이름이 되기도 한다. 그
렇게 구분되는 듯 구분되지 않는 중층적 자리에서 "개는"
'나'를 부르는 소리에 '나'보다 더 먼저 달려가지만 정작 자
신의 이름은 갖지 않는, 모든 이름의 빈자리이다. '나'가
어떤 이름을 부르든 어떤 이름으로 불리든 그것은 개의
이름이자 개의 '이름 없음'이라는 점에서, 있는 것을 부르
는 일은 없는 것을 돌보는 일이기도 하다.

이처럼 있음과 없음 사이 "성씨를 모르겠는 이름들"(「다
녀왔어」)을 거듭 부를 때, "우리는 미래의 운명을 나눠 줠
수밖에 없었다"(「미래의 빛」)라는 문장은 서로의 비어 있
음을 알아보고 서로의 있음을 확인하면서 곁에 있어주고
자 하는 마음으로 읽힌다. 구윤재의 시에서 "내일 만나요"
라는 인사는 모든 것이 '운명'처럼, '손금'처럼, '세례'처럼
주어지고 정해져 이미 다 보아버린 기분에 잠식되어버린

채 뱉는 상투어가 아니라 그런 "내일"로부터 오는 박탈감에 이름 같은 가죽을 입혀 "서로의 발끝으로 굴러온 공을/멋쩍은 얼굴로 건네"(「당신이 당신에 대해서 모르는 것」)보는 '행위'이다. "둘러보면 사방은 어디나 아득한 폐허"인 것이 바로 우리가 살아가고 있는 이 세계의 구체적이고 오랜 모습이라면, "세계를 초과"(「잔상」)하는 방법이란 그저 "외계의 안녕을 비는 일이 발치로 날아온 공을 날려주는 행위와 다르지 않다는 것을//이해"(「티피」)하는 마음이라 여기는 것이다. 그것이 때로 사각 스크린 속에서 '휜'을 던지는 아이들의 천진함으로 포장될지라도, 스크린 안팎을 모두 포함하는 세계의 슬픔과 비극까지 끌어안고 문장으로 계속 씀으로써, 이름으로 있게 하는 방식으로 말이다.

사각

 [……] 주먹을 펼치면 빛은 깨진 미래 모루와 노루는
그런 것까지도 다 알았다 알면서도 그랬다
—「모루와 노루」 부분

'뜀틀'이라는 단어는 그것을 넘는 일을 생각하게 한다. 설치된 뜀틀을 정확히 겨냥하며 달려가, 구름판을 적절히

디뎌, 필요한 만큼 뛰어올라, 손을 알맞게 짚고 몸을 밀어내어, 달려온 방향 그대로 뜀틀 건너편에 안정적으로 착지하는 일. 이때 틀의 크기와 높이는 그 틀을 넘는 방법과 도약의 높이, 착지점을 미리 결정한다.

구윤재의 시는 도약하고 착지하는, 또 비약하고 추락하는 움직임을 계속해서 생성해내기 위해 뜀틀을 만드는 것 같다. 무엇을 넘어서기 위한, 무엇의 '바깥'으로 나가기 위한 비약을 꿈꾸어서가 아니라, "종이비행기"나 "물로켓"처럼 사람의 몸과 마음도 종내 "멀리 가지 못하고 지민의 신발 앞코에 떨어진다"(「유성우가 떨어진다」)는 사실을 그것 자체로 마주하기 위해서다. 높이와 너비를 동시에 가지는 도약도 지금 있는 이곳으로부터 "한 뼘 정도"의 범위 안에서 이루어진다는 것을 구윤재의 시는 뜀틀을 넘는 몸으로, 다시 또 넘는 마음으로 확인함으로써 재차 움직인다.

이 "한 뼘"(「더 좋은 기회」) 범위의 움직임이란 모든 것에 절망할 준비가 되어 있는 사람의 폐쇄적이고 순환적이며 '내일' 없이 스스로를 괴롭힐 따름인 일이라기보다는, 외려 모든 것에 절망할 준비가 되어 있지 않은 사람이 내일과 자기 자신을 함께 데리고 가는 방법일 것이다. 떨어진 것을 주워 올리고, 또 떨어진 것을 다시 주워 뛰거나 걷거나 서게 하면서, 이미 항상 깨져 있는 미래를 그런 채로도 잠시 잠깐 날아오르게 하는 지난한 매일. 이러한 날들 속에서는 그 어떤 미래도 덩그러니 놓이지 않는다.